행복한 일상을 꿈꾸는

_______________ 님께

마음을 위로해주는
따뜻한 하루를 전해 드립니다.

내가 나를 안아주고 싶은 날

이은숙 지음

도서출판 다담북

내가 나를 안아주고 싶은 날

발행일 2017년 8월 10일 초판 인쇄

지은이 이은숙
발행인 최한호
출판사 다담북
디자인 s.i.r.u.
등 록 2012년 10월 16일 제 2012-000018호
주 소 인천시 부평구 부평동 부평문화로 115번길 54 미성 304
전 화 032)507-6509
팩 스 032)507-6505
E-mail chh6505@naver.com

ISBN 979-11-86354-18-6 03810
정 가 13,000원

내가 나를
안아주고 싶은 날

| 프롤로그 |

시작, 다시 사랑할 수 있을까?

「흩어져 있던 나의 생각 쪼가리들
이듬해 봄, 그것들이 사그라질지
한 송이 꽃으로라도 피어날 수 있을지는 모르겠지만
나는 지금 시린 겨울의 한복판을
달리고 있다」

자유함 속을 누비며 발길의 본능을 따라 보고, 듣고, 느낀 것들을 낱낱이 기록하고 싶은 강한 욕구가 생겨났어요. 소통이 얼마나 중요한 일인지, 결국은 사람들과의 관계 속에서 하루의 시간들이 채워지고, 나에게 주어진 그 시간들은 어떤 식으로든 나에게 흔적으로 남고 자국으로 남는다는 것을 깊이 깨달았습니다. 기왕이면 흔적과 자국이, 잘못 아무는 흉터로 남지 않고 꽃 진 자리에 봉긋하게 솟아오르는 열매처럼 더 큰 열매로 자라나길 소망했어요. 별일 없이 여기까지 잘 왔지만, 이왕이면 앞으로의 삶이 남들과 더불어 소통하며 좀 더 의미 있게 채워지길 소망했지요.

제 꿈을 구체적으로 끌어당길 즈음이, 단풍의 붉디붉은 흔적이 서서히 사라져가고 마른 잎이 뒹구는 11월의 끄트머리였습니다. 그러다가 책을 쓴다는 일에 대해 이론적인 앎을 충족하고자 아카데미에 등록을 했던 것이 겨울이 한창인 2월이었습니다. 어느 순간 열망하고 고민하고 실행했던 일련의 시간들을 잘 보내고 나니, 이젠 벌써 책이라는 현실이 되었네요. 그러는 사이 봄이 시나브로 왔다가 지나고, 여름이 되었습니다. 기다려주지 않는 시간들이었지만 숱한 시간들 속에서, 카페를 찾아 두세 시간 씩 글을 쓰고, 원고를 검토하고 정리하기까지, 그 모든 시간들은 순전히 즐겁게 바쁠 수 있었던 소중한 시간들이었습니다. 일과 병행하면서도 하고 싶은 일들을 감당할 수 있었던 것은, 오로지 마음속에 품은 열망들을 예쁘게 끄집어낼 수 있었기에 가능했습니다.

즐겁게 열망을 불태울 수 있도록 도와준 김이율 작가님, 그리고 부족한 저를 믿고 제 글이 세상과 마주할 수 있도록 기꺼이 이끌어주신 다담북 최한호 대표님께 넘치게 감사를 드립니다.

무엇보다도 마음 편히 글을 쓸 수 있게 모든 상황과 시간들을 최대한 배려해 준 남편과, 중요한 시기를 지나고 있으면서도 엄마의 부족한 손길을 묵묵히 이해해 준 도현이와 영진이에게도 감사와 사랑을 전합니다.

이 책이 저에게, 글을 보듬는 귀한 마중물이 되어준 것처럼 이 글을 읽는 모든 독자분들께도 잔잔한 울림과 공감으로 마음의 쉼을 얻는 시작점이 되어주길 바랍니다.

2017년 8월, 시간의 뜨락에서

이은숙

| 추천사 |

– 여기까지 오느라 참 수고했습니다

모든 조각을 다 맞춰야 그 전체 그림을 알 수 있을 테지만 한 조각만으로도 전체 그림을 예측할 수도 있다. 어느 날, 연필로 꾹꾹 눌러 쓴 엽서 한 장과 직접 손뜨개질로 만든 찻잔 받침대를 받은 적 있다. 뭐든 받는다는 건 고마운 일이고 행복한 일이다. 엽서와 찻잔 받침대를 보면서 참으로 감수성과 감각이 뛰어나구나 생각을 했다.
아니다 다를까 이은숙 작가가 써내려간 한 편 한 편의 글에도 고스란히 그녀의 감수성과 감각이 묻어나 있었다. 한 조각으로 전체를 판단했던 게 크게 다르지 않았다.

글이라는 것은 그 사람의 인생이고 그 사람의 상처이고 그 사람의 미래이기도 하다. 웃던 날도 있고 울던 날도 있다. 그런 나날의 기록들을 이 안에 다 담아냈고, 마음의 귀를 연 사람들에게 들려주는 이 언어가 참 고운 햇살을 닮았다. 그래서 읽는 내내, 마음 한 켠이 따듯했다.

세상에 처음으로 내미는 이 마음, 부디 상처 받지 말고 더 단단해졌으면 한다. 또한 더 깊고, 더 뚜렷한 자기만의 감성우물을 끌어올리기 바란다. 나의 첫 제자이며 나의 첫 제자의 첫 책이기에 너무나 기쁘고 감격스럽다.

— 김이율
(『잘 지내고 있다는 거짓말』, 『가슴이 시키는 일』 저자)

CONTENTS

사람이 사람을 좋아한다는 것은,

어쩌면

그리움이겠지요.

마음에 대한 그리움, 나눔에 대한 그리움,

사람에 대한 그리움이겠지요.

Part 1

잠을 뒤척거린 고단한 아침

벚꽃 부스럼

사랑의 열꽃 같기도 하고
달달한 팝콘 같기도 한
사월의 벚꽃 아래서
나, 약속 합니다
꽃비 날리는 바람의 날을 기억하자고

바람처럼 떠난 그대가 아직 멀어지기 전
나, 고백 합니다
사월의 열병이 다 나았다고

해묵은 책상에 내려앉은 그리움

그리움이겠지요.
마음에 대한 그리움, 나눔에 대한 그리움,
사람에 대한 그리움이겠지요.

사람이 사람을 좋아한다는 것은,
마음이 마음을 좋아한다는 것
그 사람의 아픔을 이해하고 나눈다는 것
그 사람의 마음을 살핀다는 것
둘 가진 마음이 하나의 마음을 챙겨주는 것
잘 지내는지 안부를 물어보는 것
문득 떠올라 눈치 안보고 전화해주는 것
자작나무 숲을 함께 걷고 싶은 것
맛있는 것을 먹을 때 자꾸만 불러내고 싶은 것
해묵은 책상에 앉아 손 편지를 쓰고 싶은 것
카톡을 보내놓고, 자꾸만 대답을 기다리는 것
봄밭에 앉아 함께 봄볕을 쪼이고 싶은 것
지하철을 기다리며 반대편의 그와 눈을 마주치는 것
그 사람의 마음을 지레짐작하지 않는 것
아무런 마음 계산 하지 않고 내 마음을 열어 보이는 것
무엇을 주어도 아깝지 않고, 주고 나서는 더 주고 싶은 것
기대고 싶어 할 때 슬며시 어깨를 내어주는 것

나를 바라보는 애달픈 눈빛 위로 살며시 입맞춤 해주는 것
비가 내리는 날, 마음속 그리움을 참아내는 것

사람이 사람을 좋아한다는 것은,
어쩌면
그리움이겠지요.
마음에 대한 그리움, 나눔에 대한 그리움,
사람에 대한 그리움이겠지요.

지금 내 앞에 마주한 당신과 마음을 나누는 그리움일테지요.
그래서 오늘이 또 남겠지요.

'아직도'와 '진작'

두 남녀가 있었습니다.

대학에 입학하면서부터 둘의 사랑은 운명처럼 시작되었고, 달콤한 첫 입맞춤의 기억은 그렇게 아직까지도 남자의 가슴에 불꽃으로 각인되었습니다.

힘들 때마다 남자가 찾아와서 하소연을 해도, 여자는 묵묵히 그 자리에서 슬프게 다가오는 남자를 뿌리치지 못했습니다.

그렇게 벌써 20여 년의 세월이 흐르고……

어느 날, 독백처럼 남자는 무거우면서도 애잔하게 말을 꺼냅니다.

"나, 아직도 널 사랑해."

"왜 진작 말 안했어?"

"바보야, 아직도 내 진심을 모르겠니?"

"진작부터 알았지만, 내 마음이 아직도 말을 안 들어."

남자는 쉽게 말을 잇지 못하면서도 또다시 독백처럼,

"난…… 아직도 널 생각하면 가슴이 먼저 운다."

"……"

"아직은 널 보낼 때가 아니라고 생각하는데……"

차마 혼자 울면서도 하지 못했던 말입니다!

"가지 마라, 오래도록 내 옆에 있어주면 좋겠다. 아직도 네가 아니면 안 되는 날 어쩌면 좋겠니……"

"아니야, 우린 진작 헤어졌어야 했어. 아직도 안 늦었어. 이제 우리 그만 헤어져!"

"아직도 널 놓아줄 수 없어. 내가 너를 놓게 된다면, 숨이 끊어지는 것처럼 견디기 힘들 거야."
"언제부터 그랬던 거야?"
"진작부터 그랬어, 진작부터."
"……"

'오늘따라 가을 낙엽이 유난히 하늘 아래 빛나는구나. 나의 마음은 아직도 이렇게 괴로운데……'
남자가 그런 생각을 할 즈음, 누군가가 천천히 다가오고 있었습니다.
"아이고, 이 손님 아직도 정신을 못 차리셨네. 손님, 아직도 이러고 계시면 어떡합니까? 이제 그만 들어가셔야죠."
진작부터 마지막 손님을 보내고도 한참을 남자가 일어서기만을 기다리다가, 보다 못한 포장마차 사장님께서 한마디 하십니다.
"손님, 많이 취하셨어요. 아까부터 무슨 혼자말씀을 그렇게 하십니까? 따뜻한 국물 좀 더 드릴 테니 이거 마시고 정신 좀 차려보세요."
"아이고야, 사장님 죄송합니다. 저 아직 술 남았는데, 아직 안 끝났지요?"
"손님, 진작부터 다 마시고 빈병만 붙들고 계신지 한참 됐습니다. 그리고 오늘 영업, 진작 끝났습니다……"
글쓰기를 배우고 있습니다.

그러다 보니 선생님께서 문득문득 던져주시는 소재로 글을 쓰기도 하고, 주위에서 일어나는 작은 것들에게까지도 관심을 가지는 버릇이 생겼습니다.
어느 날 갑자기 던져주신 숙제는, "아직도와 진작을 소재로 글 한 편을 완성해 보세요!"였습니다.
소재로만 보자면 철학적이기도 하고, 너무 막연해서 얼마간은 손을 대지 못했습니다. 그러다가, 조심스럽게 떠오르는 단 한 문장!
"나, 아직도 널 사랑해."
그렇게 이 한 문장을 시작으로 해서 위의 글이 탄생되었습니다.
글을 쓰기에 앞서, 무슨 이유에선지 자꾸만 제게 주어진 사랑에 대해 자연스럽게 생각하게 됐습니다.
'나를 보고 '아직도' 라고 말을 해주는 이가 있을까?'
아직도 그럴지 안 그럴지는 모르지만 상상하는 것만으로도 가슴이 설렙니다.
비가 내리는 이 밤, 가만히 일상을 되돌아봅니다.
여전히 가슴이 메마르고, 마음은 무뎌지는 것 같습니다.
'이 비가 그치면 내 마음이 촉촉해질까?'
'나도 그 누군가에게 '아직도' 이고 싶다.'
비가 소리도 없이 내려서인지 괜히 마음이 말랑말랑해져서는 이런저런 생각이 듭니다. 단지 숙제로 시작된 사랑에 관한 글이지만(물론 술에 대한) 어느새 생각은 그리움으로 이어지고 다시 사랑으로 마무리가 되는 그런 밤입니다.
그리움과 사랑이 넘나드는 깊은 밤, 빗소리마저 더욱 깊어지고 있네요.

찌릿하다
눈이 부시지만 쉼 없이 빠르고
들숨을 재촉하지만
싱그런 초록의 흙내가 달콤하다

가냘픈 틈새를 지나며 생각한다
'너를 이길 수 있다'
'여태껏 져 본 적이 없었다'
숨죽인 오후에
비로소 내뱉는 빨간 한숨

끝도 없는 나른함에 취해

제가 좋아하는 시간, 오후 두 시경!
제가 좋아하는 상황, 혼자. 카페 창가자리!
제가 좋아하는 비까지 와주면 좋을 텐데요……
혹시 몰라서 우산도 챙겼거든요.
편안한 음악을 틀어 놓고, 편안한 의자에 깊숙이 앉아 책을 좀 읽습니다.
아 참, 차도 한 잔 시키고 올게요.
"저 자몽주스 하나 주세요."
"5천 5백 원입니다. 드시고 가시나요?"
"네"
"기다리세요. 테이블로 갖다 드릴게요."

처음 이곳에 와서 지금과 똑같이 자몽 주스를 시켰을 때는 사실, 조금 놀랐습니다.
'무슨 자몽주스가 이리도 비싸냐?' 하고 차마 따져 묻지는 못하고 속으로만 생각했었거든요.
그런데, 테이블로 건네진 주스를 보니 그 가격이 합당하다고 곧바로 생각을 고쳐먹게 되었어요. 작은 유리잔과 함께, 조금씩 따라 마실 수 있도록 커다란 유리포트에 알이 탱글탱글한 자몽주스가 한가득 들어있었습니다. 그것도 따뜻한 주스.
서너 명이 나눠 마실 수 있을 만큼 충분한 양이었습니다.

이렇게 좋아하는 장소에서 좋아하는 상황과 마주하며, 든든한 마실 거리 하나까지 장만해놓고 앉아있으면, 안 먹어도 배가 안 고픈데다, 생각도 느리게 오래도록 할 수 있어서 좋습니다. 나른한 오후, 생각들은 점점 많아지고 많아진 생각들은 어느덧 깊어지네요……

봄이 저 멀리서 기지개를 켭니다.
앉아 있으니 나른해서 졸리네요. 삐걱거리던 온 몸의 뼈마디와 근육들이 깨어나고, 살랑살랑 거리의 바람들은, 겨울의 흰 눈을 털어내고 많이도 가벼워졌습니다.
이대로 이 자리에서 편안하게 눕고 싶어지네요.
때마침 듣는 노래가, 박정수의 『그대 품에서 잠들었으면』이라니요!
저는 오래된 노래를 좋아합니다.
정서적으로는 비트가 강하지 않은 발라드를 좋아하지요.
박정수의 노래는 20대 초반에 참 좋아했었지요. 우수에 젖은 듯한 가수의 느낌도 좋았고요. 불혹을 훌쩍 넘긴 지금에서도 챙겨 듣는 노래인 걸 보면, 단순히 좋아했었던 게 아니라 아직까지도 여전히 좋아한다고 하는 게 맞는 것 같습니다.
과거형이 아닌 현재진행형!
하품이 나오고, 그래서 눈물이 나오고, 눈꺼풀이 무거워지네요.
정신이 아득해지고, 눈꺼풀이 또다시 무거워지네요.
차라리 감아버릴까!
날은 계속 흐린데 야속하게 비가 안 오네요. 아우 졸려라.

화장실도 가야겠는데, 물 머금은 솜 마냥 몸이 축 쳐져서 움직이는 게 귀찮아요.
누가 좀 대신 다녀오면 안 될까요? 상상속의 흑기사님이라도……
연거푸 세 잔째 마시고 있는 자몽주스. 따뜻했던 것이 어느새 차가워졌어요.
자몽과육이 톡톡 터지는 생과일 차가, 오늘의 점심 겸, 오후의 위로 겸, 저를 초라하지 않게 해주었어요.

스마트폰 액정에는 【미세먼지 농도 나쁨. 흐리고 구름 조금. 낮기온 9℃】라고 떠 있네요. 참 친절하기도 하지요.
3월의 첫날이 이리도 포근하네요. 겨울이 봄에게 자리를 내어준 것 같습니다.
새 학기가 시작되면 많은 것들이 새롭게 바뀌겠지요?
엄마들이 신경을 바짝 쓰는 시기입니다.
새 학년, 새 친구들, 새 교실과 새 담임선생님, 새 교과서.
그리고 혹은 새로운 학원.
모든 것이 새로운 신학기입니다.
이렇게 오후 내내 나른하고 몽롱한데, 어디서 새 사람 안 나타날까요?
그러면 아마도 정신이 번쩍 날 텐데 말이죠.
그렇다고 세 사람이 나타나면 좀 곤란하고요. 아니, 뭐 딱히 곤란할 것까지야.

뒤에 선 그림자

조금씩 조금씩
천천히 천천히
그대에게 다가갈수록
그대는 내 뒤에다
그림자만 길게 늘여놓습니다
호기롭게 그대 앞에 섰지만
햇살이 부셔 똑바로 쳐다볼 수도 없고
뒤돌아서보려 고개를 돌렸지만
어깨위로 내려놓은
그대의 긴 한숨의 끝자락에 매달려
한없이 길어진
못난 내 그림자만 바라봅니다.

언제까지 그대는
내 등 뒤에서
그림자로만 서 계실 겁니까?

나침반

인생의 좌표

목표를 설정하고 앞으로 나아갈 수 있게

방향을 제시해주는 잣대

내 발걸음의 방향성을 잡아주는 기준

언제나 나에게 현재의 위치를 알려주는 센서

평생 딴 길로 가지 않게 나를 안내해 줄

지표이자, 등대이자, 함께 길을 걸어갈 친구

썸남을 소환하다

비가 소리도 없이 내립니다.
축축해져 가는 땅을 내려다보니 제 마음도 서서히 촉촉해져 옵니다.
봄이 오려나 봐요.
그리워했던, 그립던 어느 한 시절의 기억들을 가만히 끄집어내어 봅니다.
풋풋했던 수줍은 여학생의 고백편지를 시작으로, 비의 힘을 빌어서 말이지요.

잊지 못할 첫 미팅 때 만났던 그 남학생은 어떻게 살고 있을까요? 초등학교 때 학교 수영선수를 지냈다는 그 남학생은 체격도 좋았지만, 정말 신사처럼 말끔한 학생이었지요.
미팅 때 자신의 파트너에게 주려고 가지고 나온 책 한 권, '벤자민 플랭클린 자서전'이었습니다. 맞아요, 그랬었죠. 사실 저는 그의 파트너는 아니었지만, 결국 그 책은 제 손에 들려졌고, 저는 의무감에 재미하나 없을 것 같았던 그 책을 한 페이지, 한 페이지 차분히 넘겨가며 소중하게 읽었던 기억이 있습니다.

그리고 대학 축제 때 친구들 여럿이 함께 한 자리에서 유독 살뜰하게 저를 챙겨줬던 그 오빠! 일일찻집에 초대해서는 마주앉아 차를 마셨는지, 설렘을 마셨는지조차 가물가물하던 그런 시절이었어요.
시험 기간에 일부러 학교 도서관으로 찾아와 집에서 따 온 단감이라며 저에게 한 아름을 안겨주던 그런 사람도 있었지요.
캠퍼스 잔디밭에 앉아서는 저에게 대뜸,
"지금까지 여러 사람을 만나봤지만 언젠가는 모두 저를 떠나가더라고요. 은숙씨는 저를 안 떠났으면 좋겠어요."
지금 생각하면 고백인데, 그때는 그런 말이 부담스럽고 와 닿지 않아서 애써 맘에 두지 않았습니다.

한 달이 멀다하고 산에 오르던 시절이 있었어요. 그렇게 만난 인연으로, 저랑 같이 간 친구들과 상대 쪽 일행(그래봤자 남자 두 분 뿐이었지만)이 하산 길에 함께 밥을 먹고 얘기를 나누게 된 적이 있었어요.
첫 느낌에 서로가 싫지는 않았는지, 누가 먼저랄 것도 없이 연락처와 주소를 건네받고는 모두들 한껏 고무된 채, 그날의 첫 만남을 마무리했지요.
그러고 나서 딱 한 번 편지를 주고받았던 것 같네요. 예나 지금이나 손 편지라는 것이 참 사람의 마음을 들었다 놨다 하는 것 같습니다.
필체를 보면서 그 사람의 성격을 미루어 짐작하게 되고, 오로지 읽을 사람에게만 마음을 집중시켜서 써 내려갔을 그 흔적들을 더듬어보게 됩니다.
제 친구 둘과 저까지 세 명을 데리고 남원의 광한루에서 무주까지 가을의 햇살 속으로 드라이브를 시켜주었던 미소가 멋졌던 그

분, 아마 지금은 쉰 살이 넘은 꽃 중년으로 여전히 멋지게 살고 계시겠지요.

이런 분도 있었네요.
서울에서 직장생활을 하던 저는 무궁화호 열차를 타고 네 시간을 넘게 달려 고향인 광주로 가던 때가 있었어요.
오랜만에 내려가는 귀향길에 설레기도 했었고, '옆자리에 누가 앉을까?' 하며 혹시나 하는 기대감으로 한껏 상기된 마음이었지요.
그랬던 그 날, 바로 그 분이 제 옆에 앉게 되었고, 목적지가 같았던 우리는 기차가 한참을 달리고 나서야 첫마디를 건네게 되었지요.
"어디까지 가세요?"
어머나, 신사답게 생기신 분께서 목소리까지 중저음인지라 짧은 대답을 하는데도 긴장이 되더라고요.
"광주역까지 가요."
그렇게 말을 트고 보니, 그 분 역시도 광주가 고향이면서 서울에서, 그것도 제가 사는 목동에서 가까운 곳에 근무하고 계시더라고요.
우리는 연락처를 주고받고는 서울에서 만나자고 약속하기에 이르렀습니다.
그 날, 고향에 내려가서 누구를 만났고 뭘 했는지는 도무지 기억이 안 나는데요, 어쨌거나 서울로 다시 돌아와서 얼마 후, 날 좋은 어느 주말에 그를 만났던 것 같습니다. 영등포 신세계 백화점이었을까요?

점잖은 분위기의 레스토랑에서 식사를 했던 것 같은데, 무슨 이유에선지, 그 뒤의 기억은 별로 남아있지 않아요.

봄날의 꽃바람처럼 정말 짧은 만남이었던 것 같아요.

그 외에도 더 생각나는 썸남들이 있지만, 예의상 여기까지만 소환하기로 해야겠어요.

순전히 비가 내린 탓입니다.

한꺼번에 와르르 제 마음속을 비집고 찾아온 옛 추억 한 움큼들 말입니다.

지금의 그를 만나기 전까지는 제대로 된 연애는 한 번도 못해봤지만, 요즘 젊은 친구들이 하는 말로 썸 탔던 적은, 헤아려보니 적지 않았군요.

남녀 간의 인연도 타이밍일 텐데요, 아마 약간씩 어긋나는 시간차 인연이었기에 썸 타는 정도로 끝나고 말았던 것 같아요.

손은 잡아봤던가……? 아마도……

억울하게도 뽀뽀는 못해봤지……? 아마도……

왜 그랬을까? 참 순진했구나 싶네요. 어찌나 경계심이 많았는지……

이렇게 비가 내리는 날이면 때로는 무심히 그때가 생각나곤 합니다.

추억속의 이 남자들을 모두 한 자리에 소환해보고 싶은 짓궂은 생각도 듭니다.

'모두들 어떻게 지내고 있을까?'

'모습이 많이들 변했겠지?'
'오랜만에 만나서 서먹서먹하겠지?'
'지금에서야 만난다면, 예전처럼 설레는 기분이 들까?'
'결혼을 했다면, 아이들은 많이 컸을까?'
'살면서 한번 쯤 내 생각을 했을까?' 했겠지요. 제가 그들을 문득 생각해 내듯이, 그들도 여러 인연 중 한 사람으로 저를 기억하곤 했겠지요.
꼬리에 꼬리를 무는 궁금증만 한보따리입니다.
깊은 사이가 아니었기에 헤어짐도 가볍고 쉬웠을 테지요.
그렇지만 어느 한 때 두근거리는 설렘으로 서로를 대하고, 서로를 챙겼던 마음들이 있었기에 아름다운 추억으로 남을 수 있었겠지요.

오늘처럼 이렇게 비가 오는 날에 어렴풋이 떠오른 오래전 기억이 있기에, 슬며시 입가에 미소가 지어지기도 하네요.
또다시 차오르는 생각, '정말 모두를 소환해 내고 싶다.'
아, 짓궂은 겨울비!

일탈 밖, 익숙 안

더위가 몸을 혹독하게 단련시키고 일상에 지쳐 마음가짐이 잦아들 즈음.

짧은 하루해를 넘기며 찬찬히 생각해보면, 온전히 나에게 주는 시간은 하루 중 얼마 안 되거나 거의 없고, 매 끼니를 책임져야 하는 엄마이기에 퇴근하면 곧장 부엌으로 들어가 제 배가 고픈 줄도 모르고 바쁘게 밥을 끓이고 찌개를 졸입니다. 옷도 안 갈아입은 채로 말이지요. 누가 등을 떠미는 것도 아닌데 그 잠깐 옷 갈아입을 틈마저도 없이!

엄마를 움직이게 하는 힘은 분명 가족이겠지요? 아들이고, 딸이고, 남편일 테지요.

더운 여름날처럼 살림하기가 녹록치 않은 계절이 또 있을까요?

음식이 쉬이 상하게 되니 쓰레기가 많이 생기는 것도 귀찮은 일입니다.

분리수거 하는 날은 왜 이리도 빨리 돌아오는지 모르겠어요!
수시로 씻고 닦아내고 벗어내니, 빨아야 할 옷가지들도 쉬이 쌓이게 되고, 기온이 높다보니 의욕이 저하되고 움직이는 것마저도 버겁기만 합니다.
집안일 한다고 조금만 움직이면 금세 땀범벅이 되기도 합니다.
아직 본격적인 더위는 오지도 않았는데 말이에요.
그래서 때로는 일상을 벗어나 일탈을 소망하기도 합니다.
먼 곳에서 출장 온 친구와 만날 약속이 잡히는 날이면 뜬금없이 반갑고, 생각지도 않았던 용돈이 생겨 쇼핑하러 나서게 되면 그냥 설렙니다.
어쩌다 맘이 동하고 시간이 주어져서 동네 카페에 찾아가 창가 자리 하나 차지하고 앉아 오래도록 무념무상으로 음악을 듣거나 책을 읽으며, 시원한 커피 한 모금을 마셔도 좋을, 그런 소소한 일탈!
그러고 보면 매일은 참 단순하고 습관적입니다. 익숙한 시간들의 연속이지요.
변화를 꿈 꿔 보려한들 쉬운 일이 아닙니다. 그래도 소소한 일탈을 자꾸 소망하며, 내 안에서 꿈틀대는 용을 잠재우려고만 하지 말고, 자꾸자꾸 흔들어 깨워보세요.
혼자 나가는 마실도 은근 재미집니다!

투정하는 자, 먹지도 말라!

한국인의 밥상은 그저 찌개 하나만 올려도 밥 한 그릇이 뚝딱이지요.
자, 오늘은 돼지고기 김치찌개를 한 판 끓여보실까요? 비전문가의 묻지마 레시피를 고민 끝에 공개합니다. 먼저 돼지고기 앞다리살 한 팩에 된장, 다진 마늘, 후추, 올리브유, 적포도주 등을 넣고 조물조물 밑간을 해둡니다. 물론 집에 있는 재료만 넣습니다.
기본 국물로 보통 때는 쌀뜨물을 쓰지만, 오늘은 멸치 육수를 준비합니다. 다음에는 쌀뜨물에 멸치를 우려 봐야겠어요.
밑간을 해 둔 고기에 양파와 청양 고추, 대파 흰 부분을 넣고 센 불로 적당히 볶아줍니다.
고기가 어느 정도 익으면 멸치 국물을 붓고, 거기에 종종 썬 신김치와 김칫국물, 고추장, 고춧가루, 두부와 대파 등을 넣고 센 불로 한소끔 끓입니다.
참고로 모든 양념과 재료의 양은 대충과 적당히 입니다. 묻지마 레시피만의 비법이지요. 오랜 망설임 끝에 공유합니다.
국물이 자박자박 해지면 중불로 줄이고 대파 등을 더 넣거나 해서 마지막 국물의 맛을, 최선을 다해 내줍니다. 그러면 간을 더 하고 말 것도 없이 그냥 맛납니다.
혹 맛없다고 투정하는 가족이 있으면 기죽지 마시고 한마디 던져주세요.
"그 입, 다물라!"
그러고 나서 그 즉시 먹던 밥그릇을 확 뺏습니다!

MENU
Delicious
food
chef!
Cook
egg

생각한대로 살아지진 않지만
늘 현실의 시간들은
그래도 견딜만했다는 나름의 위안,
매순간 충실한 삶이었을지라도
이리 나이 먹고 보니
여태 뭘 했나 싶은 자책
너희들!
멱살잡이 하려거든
예서 좀 나가주겠니?

끈적했던 내 하루

때때로 휴식
때때로 여유
때때로 일탈
하루 일과가 너무 빡빡하다 싶으면 때때로 무념무상, 그리고 탈피.

학교에서 유난히 책 먼지를 많이 뒤집어썼던 하루. 온 종일 북 카트 바퀴가 마르고 닳도록 끌고 다녔던 하루. 내 책상 주변이 온통 책들에게 점령당했던 하루.

퇴근길에 혼잣말로, “아, 진짜 피곤해!”를 연신 내뱉으며 심지어 하품도 눈물겹도록 해댔던 하루였네요. 대중목욕탕에 가서 온탕에 몸을 푹 담그고 싶다는 생각이 간절했습니다. 세신이라도 받고 올까 싶은 생각까지 들었다면 말 다한 겁니다.

저는 웬만해서는 대중목욕탕에 가지 않습니다. 귀찮아서라기보다는 그냥 내키지 않아서인데, 뜨거운 물속에 몸을 담그는 것도 오래 하지 못하고, 한증막 안에서는 10분도 채 못 앉아있습니다. 몇 년 전, 평생 처음으로 세신을 받아봤지만, 개운했다기보다는 영 아팠던 기억밖에는 없습니다. 어쨌거나 그럼에도 불구하고 오늘은 진짜 대중목욕탕에 가보고 싶었습니다.

하지만 간절했던 그 마음도 잠시, 집에 도착하니 귀찮기도 하고, 저녁 준비로 진을 빼고 났더니 집밖으로 나설 기운이 나지 않았습니다.

아쉬운 마음에 그냥 욕조에 물 받아서 푹 담그는 걸로 만족하고, 머리도 정성들여 오래도록 감아주었지요. 내일도 출근을 해야 하기에 긴장을 풀면 안 되겠지만, 오늘은 좀 일찍부터 부엉이모드를 해제하고 푹 자야겠습니다.
휴! 잘 씻었구나, 책과 땀과 먼지로 끈적했던 내 하루를……

ORGANIZED LIVING
WHITE INDIANS

오늘 저녁 반찬은 무엇으로 할까?

그 옛날, 쌀독에 쌀이 넉넉하게 채워져 있고, 김칫독에 김치가 가득 있으면 엄마들의 마음이 참으로 풍족했습니다. 가난했던 그 시절엔 '좀도리' 라는 생활 습관으로 어려울 때를 대비해 알뜰살뜰 식량을 여투는 엄마들의 노고가 있었지요.
많은 것이 차고 넘치고, 필요 이상으로 풍족해진 요즘엔 그런 것에 좀 무뎌지긴 했지만 그래도 쌀과 김치가 넉넉하면 맘이 편하고 그지없이 좋은 건 옛날 엄마 때나 지금의 엄마 때나 다를 게 없을 것입니다.
예나 지금이나 엄마들의 한결같은 고민은 '오늘 저녁엔 무슨 반찬을 할까?' 가 아닐까요?
"여우야, 여우야 뭐하니?"
"밥 먹는다."
"무슨 반찬?"
"개구리 반찬."
"죽었니? 살았니?"
바로 그 살아있는 가족들의 먹거리가 일상의 가장 큰 고민거리인 셈이지요.
요즘에야 궁금한 것이 있으면 검색 몇 번으로 너무 쉽게 원하는 것을 알아낼 수 있다지만, 옛날 엄마 때는 무조건 맨 몸으로 부딪치고 직접 겪어서 터득하는 깨달음이 대부분이었습니다. 오랜 경험에서 오는 내공을 이길 것이 없었지요.

그런데, 뜬금없이 궁금한 한 가지!
좋아진 생활환경 덕에 참 편하게 살림하는 지금의 엄마 때이지만, 나물 무침 하나를 하더라도 옛날 엄마들의 손맛이 안 나는 이유는 도대체 왜일까요?

나는 왜 작아지는가

집안일 중에서도 어느 건 즐겁게 하는 것이 있고 어느 건 귀찮아하며 마지못해 하는 것이 있습니다. 방방마다 화장실마다 쓰레기통을 비우고 발 걸레를 뽀득뽀득 빨고, 음식물 쓰레기를 내다버리는, 말하자면 허드렛일들이 일종의 후자의 경우입니다. 썩 달갑지만은 않은 일이지만 그렇다고 안할 수도 없는 일이지요.

일요일 오후, 화장실 앞에 놓인 발걸레가 오늘따라 유난히 신경이 쓰입니다.

'먼지가 얼마나 많을까?, 늘 발로 밟고 다니는데 냄새는 얼마나 심할까?'

평소에는 안보이던 발 걸레의 더러움이 오늘은 마구마구 거슬립니다.

음식물 쓰레기는 허구한 날 왜 이리 많이 나오는지……

채소 다듬은 쓰레기며 과일 껍질이며, 여름이라 오래 방치하기도 힘든데 그때그때 내다버리기는 더 번거롭습니다.

아들 녀석들은 그렇게 말을 해도 먹고 난 것들을 제대로 치우지 않고 널브려놓기가 일쑤입니다.

'제발 좀 책상 위 책들이며, 벗어 놓은 빨랫감들 좀 잘 치우자, 쪼오옴!'

부엌 살림살이가 원래 저리도 많았던가요? 뭐가 이리 자질구레한 것이 많고, 왜 이리 죄다 나와 있어 정신없게 하는지 모르겠습

니다. 눈을 들어 여기를 봐도 저기를 봐도, 모든 게 거슬리고 심란하네요, 오늘따라 유난히……
주부에게 이런 것들이 자꾸 거슬린다면 뭔가 빨간불인데 말이죠. 때로는 모든 것들이 귀찮아 질 때도 물론 있습니다. 설거지도 미뤘다가 씽크대에 한가득 쌓인 후에야 한꺼번에 몰아쳐서 할 때도 있고, 밥 짓기가 귀찮아서 간단히 라면을 끓여 한 끼 쯤 후딱 해치울 때도 있습니다. 하지만, 오늘의 이 거슬림은 단순히 그런 것들이 아닙니다. 뭐가 문제인 걸까요?
'난 죄가 없다고…… 말끔하게 리모델링을 하고 이사한 50평 지인의 집들이 점심 초대에 다녀온 것 밖에는……'

소보로가 깨우쳐 준 심미안

"선생님, 소보로 빵인데 좋아하실지 모르겠네요."

"어머나, 마침 출출했는데 잘 먹을게요. 저 소보로 빵 엄청 좋아하거든요."

학부모님 한 분이 건네주신 빵을 먹는데, 어라? 담백하고 너무 맛있는 거예요.

빵집이 어디인지 보려고 포장지를 확인하는데, 세상에나…… 여긴 빵이 맛이 없어서 발걸음을 뚝 끊은 지 한참 오래된 그 빵집이지 뭡니까? 순간, 그동안 이 빵집을 괜히 나 몰라라 한 것 같아 조금 미안해지기까지 했어요.

결국엔 다음날 아침 출근길에 그 빵집에 들러, 어제 맛있게 먹었던 그 빵을 두 봉지 사와서, 아무도 안주고 혼자서 다 먹었답니다.

사실, 뭐든지 좋게 보려면 조금 억지스러운 것마저도 대수롭지 않게 넘길 수 있는데요, 순간의 판단으로 넘겨짚거나 예민하게 반감을 내비추지 않아도 될 것 같아요.

따지고 보면, 이 둥그런 세상에서 그다지 이해 못하고 못 봐 넘겨줄 일이란 애당초 존재하지 않는 건지도 모르겠어요. 그저 자신의 생각이 시킨 것일 뿐!

좋은 눈으로 예쁜 것들을 많이 보며 살아야겠어요!

그러고 보니 소보로 덕분에 둥그런 세상에 대해 다시금 깨달았네요.

내일 출근길에 또다시 그 빵집에 들러 이번에는 단팥빵을 두 개 사야겠어요. 아무도 안주고 혼자서 다 먹으렵니다.

조카 십팔 색 크레파스 같은,

"너, 고3 엄마야. 고3 엄마가 요즘 한량 같다?"

밑도 끝도 없이 남편이 제게 던지는 한마디였습니다.

저를 향한 남편의 비아냥거림은 그것으로 끝이 아닙니다.

"이 꼴 저 꼴 다 보기 싫다!"

오늘 무엇에 심사가 뒤틀렸는지 뜬금없는 독설의 연속이네요.

이쯤 되니 어깃장을 놓는 남편의 말에 맘이 언짢아지면서 저도 조금씩 화가 치밀어 오릅니다. 3월 새 학기라 직장에서도 바쁘고, 주중에도 약속이 잡히기도 하고, 또 주말에 한 번 있는 책 쓰기 수업을 받느라 1주일이 어떻게 가는지 모르고 보내는 건 사실입니다.

물론 엄마이고 아내이지만 출퇴근하는 저에게도 제 생활이 있고, 틈틈이 집안일을 벅차게 감당하고 있는데, 남편의 매정한 몇 마디 말에 오늘 봄날의 기분이, 매화 꽃잎 지는 서글픔처럼 툭하고 떨어져버립니다.

요즘 조금 바쁜 제가 못마땅하다는 건 알겠지만, 그렇게 말하는 남편은 1주일이면 7일을 테니스를 하느라고 집에 거의 없습니다. 퇴근 후 저녁을 먹고 나면 평일에는 보통 10시까지 아파트 테니스클럽에서 운동을 합니다. 주말과 휴일에는 또 다른 클럽에 가서 운동을 하는 남편입니다. 그러시는 분께서 지금 저에게 언짢다고, 자신에게 관심 좀 가져달라고 어깃장을 놓는 겁니다.

한창 아이들 키울 때는 1주일이면 7일을 골프연습장에서 살던 남편이었습니다.
더운 여름날, 어린 아들 둘을 목욕시키고 나면, 그 저녁 기운이 다 빠져서 정작 제 몸 씻기도 힘들었던 그런 시절도 혼자서 견뎠는데……
워낙에 운동을 좋아하고, 사람들을 좋아하는 남편이지만 때론 '해도 해도 너무 하다' 라는 생각을 해 본 적도 있습니다.
그저 사람들을 만나서 인맥을 넓혀가는 것도 남편이 하는 일의 연장선상이라고 이해하며 보낸 세월들이었습니다.
그런 야속한 생각들을 하고 있는 순간,
"요즘 마음이 콩밭에 가 있다."라는 쐐기를 박는 남편의 말이 되돌아옵니다.
제 마음이 콩밭에 가있다면, 남편의 마음은 공 밭에 가 있거든요.
본인에게 관심 좀 가져 달라고 말하고 있는 남편의 관심은 요즘 오로지 테니스입니다. 운동을 마치고 집에 돌아오면, 잠들기 얼마 전까지 테니스 동영상 강의를 봅니다. 그런 남편이 지금 저를 향해, 그것도 굳이 이토록 햇살 좋은 봄날에 한꺼번에 쏟아내는 말들이란…….
아! 조카 십팔 색 크레파스 같은 오늘입니다.
고맙구나, 일깨워줘서! 그렇지만 어쩌란 말이냐!
이 마음을 이대로 잠시 하늘에 띄워두렵니다.
'구름아, 11월까지만 이 마음 좀 가두고 있어주렴. 새어나오지 못하게 무겁게 짓누르고 있어주렴.'
애써 고개 돌려 바라보는 창밖 풍경이 갑자기 흐려지는 건 왜인지……

당신, 나한테 이러지 마요. 그래요 고3 엄마 힘낼게요. 정신 바짝 차릴게요.

문득, 긴 머리카락이 거치적거린다는 느낌에 순간 짜증이 확 내려앉습니다.

작은 말에도 쉽게 상처받는 성격 탓에 모진 말 한마디를 듣고 나면, 얼마간은 가슴이 저려서 맘이 먹먹한데, 고개 숙인 지친 어깨를 좀 가만히 내버려 두었으면 좋겠어요. 무심히 던진 돌멩이에 개구리는 맞아 죽을 수도 있답니다.

매번 늦게 잔다고 뭐라고 하지만, 식구들이 모두 잠들고 더 이상 신경 쓰지 않아도 되는 조용하고 늦은 그 시간이 그나마 저에게는 생각할 수 있는 짬이 되고, 하고 싶은 것들을 하나 둘 조물락거리는 시간인데, 좀 늦게 자더라도 이젠 그냥 날 좀 내버려 둬요. 그냥 내버려둔다고 해서 관심이 없는 게 아니란 걸 알아요.

지우고 싶어요. 오늘의 이 먹먹한 감정들.

삭제키를 누르고 지웁니다. 3월에서 오늘만 살포시!

저 오늘 차 한 잔 사 주세요.

눈물 한 모금 마시고 싶어졌어요.

일탈 한 스푼 보태서.

나에게 눈부신 오늘이어라

나에게 더없이 고마운 오늘이어라

오늘이 오늘 같기를

편한 쉼으로, 눈부신 쉼으로

참 고마운 하늘

살림의 여왕

제게는 특이한 이력이 하나 있습니다.
바로 방송출연!
지금까지도 방영되고 있는 '우리말 겨루기' 라는 KBS방송국의 프로그램입니다.
제가 워낙에 퀴즈 푸는 것을 좋아하고, 엉뚱한 일탈에도 과감한 편이라 호기심으로 시작한 몇 번의 도전 끝에 최종 녹화가 결정되었습니다.
매주 주말마다 KBS신관 라디오 공개홀에서 1차 지필시험과 2차 면접이 이뤄졌었는데요, 먼 길을 마다않고 주말마다 방송국을 오가며 열의를 불태웠던 시절이었어요. 프로그램의 진행은, 5명의 출연자가 3라운드에 걸쳐 주어진 문제를 풀어서 고득점자 2명이 우승을 놓고 겨루는 방식입니다.
여기서 다시 최종 우승자 1명이, 마지막 라운드에서 '우리말 달인' 에 도전하게 되는데요, 우리말과 한자어에 대한 어휘력과, 문법, 맞춤법, 띄어쓰기 등의 국어 전반적인 이해와 지식이 어느 정도 갖춰져 있으면 더 유리합니다. 순발력도 요구되고요.
저에게는 일반인의 방송 출연이라는 사실 만으로도 기억에 남을 만한 일이었지만, '이왕 출연하는 것이니 우승까지도 했으면 더 좋았을 텐데……' 하는 아쉬움도 남더라고요.
그래도 소정의 출연료와 드럼세탁기를 경품으로 받았으니, 소중한 추억과 함께 한 살림 장만하는 쾌거를 이루었지요.

또 즐겨보던 인테리어 잡지에, 사연을 보내서 당첨자에게 12자 붙박이장을 짜주는 코너가 있었어요. 신혼 때 들였던 원목가구가 크지 않았기에 아이 둘을 낳아 기르면서 더 큰 장롱이 필요했을 때였어요.

'옳지, 이 기회를 잡아보자!' 하는 마음으로 편지지 두 장에 빼곡하게 구구절절 사연을 적었습니다. 사용하고 있는 옷장의 전체 사진과, 옷장 내부의 심각성을 적나라하게 보여주는 사진을 동봉하면서 붙박이장의 필요성을 절박하게 피력했던 걸로 기억합니다. 하지만 저처럼 절실한 독자들이 한둘이 아니었을 거예요.

뭔가 경쟁력이 있으려면, 눈길을 사로잡는 한방이 필요했습니다. 뾰족한 수가 있었던 것은 아니고, 편지지 여백에 넝쿨 장미도 그려 넣고, 노오란 개나리와 파아란 하늘도 정성스럽게 그려서 물감으로 그럴싸하게 색칠을 했었습니다.

그러고 나서 사연을 다시 읽어보니, 여간 드라마틱하게 느껴지는 게 아니었습니다.

그렇게 갖은 공을 들여서 잡지사에 편지를 보내놓고 난 며칠 후, 저는 한 통의 낯선 전화를 받게 됩니다.

"안녕하세요, 이은숙님 이시죠? 여기는 OOOO잡지사인데요, 사연이 당첨되셨어요. 살고 계신 곳 주소가 어떻게 되세요?"

저는 애써 태연한 척 기쁨을 살짝 감추고, 그러나 떨리는 목소리는 감추지 못한 채 전화 응대를 했지요.

그로부터 수일 내로 업체에서 기사님 두 분이 오셔서 크림색의 12자짜리 붙박이장을 설치해주고 가셨어요. 무료 설치는 10자 까지여서 2자에 해당하는 금액과 배송료는 제가 부담했지만, 그래도 그게 어딥니까? 완전 감지덕지였지요.
안방의 한쪽 벽을 가득 메운 크림색의 깨끗한 장롱은, 넉넉하게 마련된 내부의 수납공간까지도 무척 맘에 들었습니다. 그리고 며칠이 지나자 이번에는 잡지사에서 촬영을 나오시더라고요.
설치된 모습을 촬영해 가서 다음호에 독자 리뷰로 기사가 나가거든요.
그때 당시 세 살이던 둘째 아들을 가슴에 안고 장롱 앞에서 찍었던 사진과, 잡지에 게재된 기사는 스크랩해서 아직까지도 가지고 있답니다.

방송과 잡지가 다가 아니에요.
그 당시에 구독하던 신문에는 종종 십자말풀이 문제가 실렸고, 정답을 보내면 추첨을 통해 상금이 있었는데요, 워낙에 퀴즈를 좋아하다보니 안 보낼 이유가 없었겠지요. 신문에 실린 문제를 풀어서 꼬박꼬박 엽서를 보냈어요. 그래서 상금으로 15만원도 받고, 때로는 10만원도 받았어요. 심지어 연말에는 특별 이벤트로 상품이 걸렸었는데, 그때만 해도 흔하지 않았던 드럼 세탁기가 1등 상품이었어요.
7.5kg짜리였는데 결론부터 말하자면, 제가 1등을 먹었다는 거 아닙니까!
드럼세탁기가 대중화 되지 않은 시절이었고, 또 그때까지 쓰고 있던 세탁기도 멀쩡했기에 굳이 새 세탁기로 바꿀 이유가 당시엔 없었어요.
그래서 새 상품 그대로를 인터넷 벼룩시장 '팔아요' 코너에 올렸어요. 직접 가져가는 조건으로 시중가에 비해 훨씬 저렴한 가격을 받고 팔았답니다. 남들은 한 번도 안 되는데 저는 매번 당첨이 된다며 비결이 뭐냐고 물어보세요.
사실 확률적으로 이기는 게임을 하려면 빈도수를 높여야지요.
여러 번 보내는 수밖에요. 저라고 뾰족한 수가 있었던 건 아니에요.
현대그룹 고 정주영 회장님의 유명한 말씀처럼,
"해보기나 했어!"하는 마음과 각오였지요.
무슨 일이든 되게 하려면 일단은 시작해야 하더라고요. 그저 바라기만 할 뿐 행동이 뒤따르지 않으면 결과적으로는 아무 일도 일어나지 않잖아요.
제가 덜컥 저지르는 걸 은근히 잘 하거든요.
우선은, 해보기나 하세요!
덜컥 저질러 보시라니까요!

김 서린 너와 기어이 조우한다
부순다. 부순다
자디잔 너의 파편들
서러움 깨부수고
더러움 잊어버리려
자디잘게 깨문다
다시 부순다
흩어지는 너의 꿈

첫 귀에 반한 내 노래

저녁상을 일찍 물리고 나니, 문득 활자가 고팠습니다.
무작정 지갑과 스마트폰만을 챙겨 들고 집 밖으로 나섭니다.
이렇게 비장하게 외출을 하는 날에는 목적지가 정해져 있지요.
동네서점 아니면 동네도서관!
나름대로 규모도 크고, 방대한 자료들이 저를 반기는 곳이지요.
오늘은 두 곳 중 좀 더 가까운 동네서점으로 발길을 옮겨봅니다.
한참동안 서가를 옮겨 다니며 이것저것 뒤적거리는 중에, 스피커를 통해 들리는 음악이 참 괜찮다 싶었습니다.
제가 또 노래제목이 궁금할 때는 좀처럼 참지 못합니다.
지나가다가 마음에 드는 노래가 들린다싶으면, 스마트폰을 꺼내 무슨 노래인지를 탐색합니다. 얼마간 노래를 인식하다가 정확하게 음원을 알려주는 기가 막힌 기능이 있으니, 그것을 이용해서 노래의 제목을 재빨리 알아냅니다.
저는 어떤 노래가 가슴에 딱 꽂히면 그 노래를 백 번 쯤은 들어야 직성이 풀립니다. 출퇴근길에 한 곡만을 며칠에 걸쳐 듣기도 합니다.
그래서 첫 눈에 반한 것도 아닌, 첫 귀에 반한 곡의 제목을 꼭 알아내야만 하는 일은 그만큼 저에게는 아주 중요한 일입니다.
일단 노래가 끝나버려 알아낼 방법이 없자, 카운터에서 계산할 때 얼른 사장님께
"방금 나왔던 노래 진짜 좋은데, 제목이 뭔지 알 수 있어요?"하

고 여쭈었더니,
웃는 눈이 예쁘신 사장님께서
"방금 노래요? 잠깐만요!" 하시며 컴퓨터로 검색해주십니다.
그래서 새롭게 제 뮤직리스트에 오른 노래가, 저스틴 비버의 'Love Yourself' 라는 곡이에요.
캐나다 출신의 요즘 가장 핫한 아이돌 정도로만 알아두시고, 더 이상의 뮤지션 검색은 의미 없으니, 그냥 노래만 온전히 들어보시길 권해봅니다.
집안일을 다 마치고, 왔다 갔다 하던 식구들의 움직임이 잦아들 즈음, 이어폰을 끼고 한 번 들어보시라 권하고 싶습니다.
유튜브에서 찾아 듣되, 동영상보다는 꼭 노래만 먼저 집중해서 들어보시면 좋겠어요. 그렇게 얼마간 노래가 귀에 익었을 때 뮤직비디오를 보면 또 나름 굉장히 흥미롭습니다.
시종일관 데시벨이 높지 않은 곡이니 볼륨을 사알짝 높여도 괜찮습니다.
듣고 있다 보면, 고개를 까딱까딱하며 리듬을 탈 수도 있고 그러다가 마음이 말랑말랑해지기도 하고, 순간 울컥울컥해지기도 합니다. 적어도 제 경우에는 말이지요……
스피커를 통해 흘려듣듯이 감상 하는 것 말고, 이어폰을 끼고 내 몸과 좀 더 밀착시켜서 눈을 감고 오로지 청각에만 의지한 채 집중하며 듣는 것을 개인적으로 더 좋아합니다.
그러다 보면 때로는 온몸에 소름이 돋기도 하고, 심장이 떨리기도 하면서 마음이 더할 나위 없이 몽글몽글해집니다.

도서관 열람실에서 두 시간 동안 남미 여행서를 읽으며 수도 없이 이 노래를 들은 탓에 다른 상황에서 이 노래를 들을 때면, 볼리비아의 우유니 소금사막도 겹쳐치고, 페루의 마추픽추도 떠오릅니다.
음악은 그 하나만으로도 우리의 마음에 잔잔한 불을 지피기도 하고, 우리가 눈으로만 보던 모든 것들에 이제까지는 없던 새로운 색깔을 입혀주는 색채마술사 같기도 합니다.

다시 한 번 뜨겁게 사랑하고 싶은가요?

내려놓아야 많은 것을 잡을 수 있어요

비워내야 많은 것을 담아낼 수 있어요

나를 내려놓으세요

나를 비워두세요

Part 2

네가 우는 걸 알아버린 정오

방황

길 위에서 길을 잃었다
멀어지고 있었다
맘을 비우고 걷고 걷다가
마주한 골목들이 아프게 이쁘다
담벼락도 돌계단도
바람에 몸을 움츠린 내 그림자까지도

가끔은 길을 잃어도 괜찮다
잠시 방황해도
결국 제자리니까

내 심장을 할퀴는 너에게
오늘도 가려고, 가보려고 했지만
기어이 가 닿지를 않는다
그저 수없이 할퀸 상처 위에
무심히 내려앉은
그리움이라는 이름의 너만
빈 울림으로 나를
때려놓고 간다

말할 수 없는 비밀

천식을 앓고 있는 여주인공 샤오위.
어느 날 오래된 음악실의 피아노 아래에서 우연히 발견한 악보 하나.
호기심으로 펼친 악보의 제목은 '비밀'이었습니다.
그리고 그 악보의 첫 장에는 "악보를 따라 여행을 떠나라. 처음 본 사람이 그대의 운명이 될지라. 여행을 끝내고 돌아올 때는 빠른 속도로 연주해야 할 것이다."라고 쓰여 있었고, 악보대로 연주를 끝내자, 시간은 과거에서 20년 후의 미래로 바뀌게 됩니다.
어느 날 샤오위가 다니는 예술 고등학교 음악부로 샹룬이라는 남자 주인공이 전학을 오게 됩니다. 전학 온 첫날 학교의 여러 곳을 둘러보다가 어디선가 들리는 피아노 소리에 이끌려 들어간 곳이, 바로 좀 전에 샤오위가 있던 오래된 음악실입니다.
그렇게 샹룬과 20년 전 과거에서 온 샤오위의 운명적인 첫 만남이 이루어지고, 둘은 점차로 애틋한 사랑의 감정을 조금씩 키워 나가게 됩니다.
한편, 학교 음악실이 졸업식 날 철거된다는 사실을 알게 된 샤오위는 샹룬에게 문제의 그 곡을 알려주면서 빠르게 연주하면 자신이 왔던 곳으로 돌아가게 된다는 이해할 수 없는 말을 하게 됩니다.

이 영화에서 피아노 연주는 샤오위의 시간 여행을 가능하게 해주는 중요한 매개체입니다. 그리고 물리적 공간이면서도 과거와 미래의 시간 여행이 시작되는 곳이 바로 음악실입니다.
이곳에서 둘이 나눴을 법한 이야기가 들리는 듯합니다.
"샤오위, 언제부터 피아노를 그렇게 잘 쳤나요?"
"여기까지 오기 위해 머나먼 여행을 했어요. 당신이 힘들 때 오늘의 이 소리를 기억해 줄 수 있어요? 그래야만 해요."
"내가 기억해야만 한다고요?"
"아주 먼 곳에 있을 나에게 와줘야 하니까요."
"그럴게요. 기억할게요."

20년이라는 시간의 간극 속에서 시공을 넘나드는 두 사람의 풋풋한 사랑.
사춘기 소년 소녀의 상큼한 첫사랑 얘기와, 과거에서 미래로의 신비로운 시간 여행이라는 판타지가 결합되고 거기에 영화의 전반적인 요소를 풍성하게 이끌어내는 피아노라는 장치가 더해진 판타지 로맨스입니다.
주연 : 주걸륜 계륜미, 감독 : 주걸륜, 2007년작, 대만

영화의 결말에 대한 이해는 대중의 몫으로 돌아갔고 이 영화가 해피엔딩이다, 아니다로 희비가 엇갈렸지만, 스토리도 참신하고, 음악이 어우러진 판타지라는 점에서는 분명히 볼거리도 많고 가슴 한 칸에 묵직하게 남는 영화입니다.
전학생인 샹룬과 피아노의 왕자로 불리는 재학생 선배와의 피아노 베틀장면은 이 영화의 핵심적인 볼거리로, 두고두고 회자되며 감탄을 자아내게 하는 명장면입니다.

쇼팽의 피아노곡이 연주되는 것에 그치지 않고, 원곡대로 연주하는 게 아닌 즉흥 변주로 능수능란하게 피아노를 갖고 노는 남자주인공의 연주 솜씨는, 숨죽여가며 영화에 제대로 빠져들게 합니다. 영화의 전체적인 줄거리를 여기서 다 서술하기는 어렵지만, 빛나는 조연들의 명품 연기까지, 어느 것 하나 놓칠 수 없는 잔잔한 영화이니 꼭 보시길 바랍니다.

남자주인공 역을 맡은 대만 배우 주걸륜!
그때부터 이 남자가 궁금해졌습니다.
천재적인 손놀림으로 피아노를 쳐대는 그의 매력에 푹 빠져서 급기야는 뒷조사에 들어갔지요. 이 영화의 주인공이면서 직접 영화를 연출한 감독이고요. 심지어 이 영화를 제작할 당시 그의 나이가 29세였다고 하니 정말 놀랍습니다.
대만의 유명한 가수이기도 하지요.

이 한편의 영화는 결국 저를 타이베이 행 비행기에 몸을 싣게 하고야 맙니다.
샤오위와 샹룬이 처음 만났던 예술 고등학교의 배경이 된 그 학교 앞 골목을 오래도록 누비며, 주걸륜의 '칠리향' 이라는 노래를 스무 번은 넘게 들었던 것 같습니다.
자전거를 탄 샹룬이 그 골목 끝자락 어딘가에서 튀어나올 것만 같은 착각에, 차마 오래도록 자리를 뜨지 못했습니다. 행복했던 그 순간을 가슴 속에 켜켜이 억누르며 나지막한 골목의 담장 아래서 오래도록, 눈부시도록 하얀 구름만 바라봤습니다.

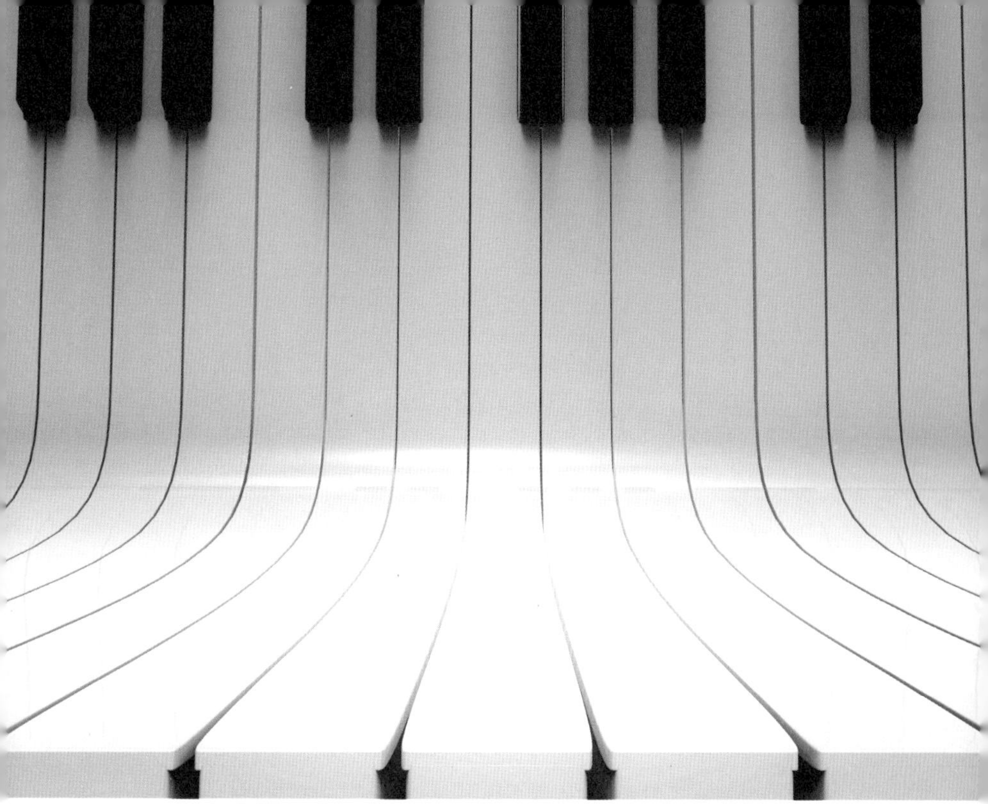

오늘 그대는 위로가 필요한가요?
조금은 덜 아플 수 있는 위안
문득 생각나고 갑자기 만나고 싶어지는 순간에
고이고이 접어두었던 그리움을 슬며시 꺼내봅니다

동백 아래서 나를 잡지는 말기를……

수령이 수백 년이 넘는 동백나무 군락지 중 하나인 광양 백계산 옥룡사 동백숲.

널리 알려지지 않은 곳이라 비교적 한산하니 오붓한 오솔길을 따라 산책하는 맛이 제대로일 테지요. 몇 해 전부터 동백이 필 무렵이면, 혼자서 마음앓이를 해왔습니다. 무성한 동백 숲을 직접 가 보고 싶어서 견딜 수가 없었던 것입니다.

그러다가 올해는 진짜 큰 맘 먹고 혼자라도 나서보려고 인터넷을 검색해 가며 마땅한 장소를 물색하게 되었지요. 그렇게 해서 장소는 광양으로 결정됐고, 이제 저랑 같이 위험을 자처할 동무를 모으기만 하면 작전 끝. 결과는요? 당연히 작전 대성공이지요!

드디어 4월의 어느 날, 고향 친구들과 나선 소풍 길!

정말 한적하고, 느긋하고, 여유롭게 다녀온 봄 소풍이었습니다. 봄 아지랑이 기운에 몸까지 나풀거리며 날아오를 것 같았고, 마냥 따스한 햇살이 내 몸 깊숙한 곳까지 파고들어 구석구석을 봄빛으로 물들일 것만 같았습니다.

동백은 왜 그런지 알 수는 없지만 그 앞에 서면, 마음이 겸허해지고 숙연해지면서 정갈해집니다. 흐트러짐과는 동떨어진 느낌이면서 기개가 느껴지고 단아한 것이 참 오래도록 제 마음을 붙듭니다. 아침 일찍 집을 나서 서울에서부터 KTX를 타고 광주에 도착해 친구들과 합류한 뒤 다시 자가용 한 대로 광양을 향해 내달렸습니다.
옥룡사 입구 주차장에 차를 주차해놓고, 돗자리며 싸 온 도시락과 간식거리들을 챙겨서 찬찬히 걸어 올라가기 시작하니, 그토록 동경해마지 않던 동백이 바로 눈앞에 펼쳐져 있었습니다. 때론 홑으로, 때론 무더기로, 때론 나뭇가지에서, 때론 풀무더기 위에서 붉게 빛나는 동백.
3월 초 쯤, 아니면 눈발이 아직 남아있을 법한 2월에 다시 찾아도 정말 근사할 것 같습니다. 4월에 오니, 날은 정말 따사로운데, 꽃이 제법 많이 져가고 있었습니다.
발길 닿는 곳마다 꽃송이 채로 떨어져 있는 동백을 얼마간 주워모아다가 하트를 만들어 발아래 두고 사진도 찍고, 화관을 만들어 머리에도 써 봅니다.
그렇게 느리게 걸으면서, 사진도 찍고 동백과 조우하면서 구불구불한 오르막을 따라 얼마간 걷다보니, 푸른 잔디가 넓게 자리한 편평한 터가 나왔습니다.
옥룡사 라고는 했지만, 지금은 절터와 당간지주만 남아서 주위가 온통 푸른 들판이었습니다.
그 들판위로 하얀 민들레가 어찌나 곱게 피어 있던지……
산새를 이루며 무성한 동백나무들이 그 절터를 둘러싸고 있으니, 잔디들판 가운데 서서 사방을 내려다보는 감동은 뭐라고 형용하기 힘들 정도였습니다. 파노라마처럼 펼쳐진 동백병풍 아래서 저 멀리 보이는 산꼭대기에까지 시선이 가 닿으면, 시간이 딱 멈춘 듯 고요함이 밀려옵니다.
저 멀리 참나무 그늘 아래에서는 역사 탐방 나온 한 무리의 학생들이 선생님의 설명을 진지하게, 혹은 건성으로 듣고 있었습니다. 봄바람에 맘이 설렌 늦청춘 우리들을 포함해서, 오늘 이곳을 찾은 사람들은 그리 많지는 않았습니다.
아무래도 우리가 날을 제대로 잡아서 소풍을 나온 게 틀림없습니다.
한차례 설명을 듣고 다른 곳으로 이동한 학생들이 물러난 그 참나무 그늘 아래에 우리들은 돗자리를 깔고 소풍 상을 차렸습니다.
각자 맡은 메뉴와 분량대로 정갈하고 맛깔나게 싸 온 음식들을 먹으며, 동백에 취하고, 우정에 취한 우리들. 옛 추억을 선물하고 싶어서, 오늘을 위해 제가 챙겨간 회심의 불량식품 쫀드기와, 시큼한 과일 맛의 달달한 것을 쪽 빨아먹던 아폴로, 그리고 오려서 갖고 놀던 종이 인형과, 추억을 불러일으키는 팔각성냥을 인원수대로 나누면서 또 한 번 깔깔거리며 웃고, 감회에 젖어봅니다.
35년 전 봄 소풍 나온 우리들의 앳된 모습이 딱 지금의 우리 모습과 다르지 않을 것입니다.

나를 위한 하루의 휴식으로 그토록 고대하던 동백과 마주하고, 생명을 품은 드넓은 초원의 봄기운과 함께하면서, 느림의 여행이 주는 더할 나위 없는 여유에 대해 참 감사함을 느꼈던 하루였습니다. 새벽부터 채비를 해가며 굳이 이곳을 찾은 단 하나의 이유, 동백이 여기에 있었기 때문이지요.
맛있는 도시락과 간식을 싸들고 오늘의 동백 잔치에 기꺼이 동참해 준 내 친구들!
먼 길 운전도 마다하지 않고 오히려 콧바람을 쐴 수 있게 해줘서 고맙다며 연신 웃던 한 친구의 모습도 오래도록 마음에 남습니다. 마냥 즐거워하는 친구들의 모습을 쉼 없이 카메라에 담아내며, 함께 고사리도 꺾고 하늘을 향해 맘껏 깔깔거리며 웃던 내 벗들! 그래서 친구는, 굳이 말하지 않아도 동심원이 되어 한결같은 울림으로 잔잔하게 퍼져나가나 봅니다.
날씨가 참 좋았습니다. 내 벗들은 더 좋았습니다.
오늘을 함께 한 맑은 하늘 아래, 붉은 동백은 더, 더 좋았습니다.
엄마와 아내의 자리를 잠시 내려놓고 이왕 이렇게 나선 소풍이었는데, 내년 이맘 때 쯤에 또 오자고 하면 이 친구들, 나를 잡을까요? 날을 잡을까요?

공주 갑사, 갑세다

우리가 아직 한창일 때
우리가 아직 서로를 친구로 기억할 때
우리가 아직 함께 해 온 숱한 날들의 기억으로 가슴 설렐 때
여전히 우리의 시간들은 추억으로 남는다.
가끔 서로의 안부가 궁금하고
때론 무심한 듯 뜬금없이 연락이 오가고
가을 엽서 띄우 듯 무심히 아련한 사진 한 장 실어 보내도
알아듣기 힘든 말을 한다할지라도
여전히 우리가 아직 청춘이라고 우겨보고 싶은 건
함께 한 추억들이 눈부시게 푸르기 때문이리라
어느 날, 어느 때 만나더라도 우린 여전히 수줍은 중학생이구나!

2013년부터 11월이 되면 중학교 동창들과 함께 갑사로 가을 소풍을 떠납니다. 같은 시기에 같은 장소를 매년 가다보면 식상하지 않을까 하는데, 매번 함께하는 동무들이 다르고, 하루의 일정이 달라서 늘 새롭고, 늘 즐겁습니다.
이 친구들과 함께가 아니고서, 편을 나눠 비사치기를 하고, 수건돌리기를 하고, 족구를 하며 배꼽이 빠져라 웃을 일이 어디 가당키나 한 일이겠어요? 이 친구들이 아니라면 누구누구를 모아다가 이런 추억 돋는 놀이를 할 수 있겠느냔 말이지요.
매년 같은 자리에서 출석 인증샷을 찍고, 매번 같은 식당에서 식

사를 하고, 같은 놀이를 하더라도 누가 먼저랄 것도 없이 1년 뒤에 같은 자리에서 만날 것을 또다시 약속합니다.

2017년 올해는 다섯 번 째 모임을 갖게 됩니다. 5년 개근상을 받을 친구들은 벌써부터 고무되어, 뭔가 콩고물이라도 없을까 잔뜩 기대하고 있답니다.

동혁아, 상균아, 은실아, 광원아! 나를 포함한 우리 다섯 명!

자비를 들여서라도 5년 개근상장과 부상을 만들어 보자야.

받아보자, 영광의 5년 개근상!

비틀어 짜도, 막 좋은

여행은 일상을 벗어나 새롭고 낯선 곳과 마주하게 돼서 긴장되고, 함께한 좋은 이들과 공유해서 풍성합니다.
나를 꿈꾸게 하고, 또 다른 곳으로 갈 수 있게 해주고, 힘들어도 힘들지 않게 해줍니다.
그래서 희망을 갖게 하는 추억이 되어줍니다. 일상을 벗어나는 건 그래서 할 만 한가봅니다. 그렇기에 일상으로 돌아오고 나면, 그 에너지로 느닷없이 화장실 청소도 쉽게 하게 되고, 손에 잘 안 잡는 걸레도 꾹꾹 비틀어 짜게 되나봅니다.
아, 그래요! 바로 그런 거였어요!
음식물 쓰레기도 덥석 내다 버리게 되고, 귀찮아서 며칠 씩 묵혀 뒀던 나사 박는 일도 혼자서 척척 해내는 거였어요.
여행은 그래서 좋아요.

여행은
함께 걷는 것, 팔짱을 끼는 것이에요.
하늘을 올려다보는 것, 한 곳을 바라보는 것이에요.
먼 곳을 바라보는 것, 뜀박질을 해보는 것이에요.

그리고 더불어,

느닷없이 화장실 청소를 쉽게 해내는 것,

걸레도 꾹꾹 비틀어 짜게 되는 것,

음식물 쓰레기도 덥석 내다 버리게 되고,

며칠 씩 묵혀뒀던 집안일도 혼자서 척척 해내는 것이에요.

그래서 여행은 막 좋아요.

봄꽃 같은 나의 그녀들

인연

거기에 내가 서 있었다.
흐르는 물처럼 스치는 바람처럼
누구라도 나부껴 내 곁으로 온다면
우리 서로 위로가 되어 줄 텐데.

거기에 네가 서 있었지.
같은 시간을 거슬러
같은 공간을 추억하며
우리가 나눈 몇 마디 말에
우리들의 시간은 인연이 되었다.

너와 내가 거기 서 있었던 것처럼
우리 서로 만나서 추억을 얘기하고
깊은 인연을 만들며
우리는 그렇게
다시 또 하나의 인연을 기다려 본다.

저에겐 참 고맙고 소중한 인연이 있습니다. 같은 또래의 아이들을 키우면서 친해져, 오랜 지기처럼 지금껏 잘 지내고 있는 지인 두 분에 대한 얘기를 좀 장황하게 해볼까 합니다.
아, 먼저 우리들이 서로를 부르는 애칭부터 밝힐게요.

귀여운 이미지가 일본 만화 주인공을 닮아 얻은 별명, 포뇨님!
혼자만의 고독한 여유를 제대로 즐길 줄 아는 솔리튜드, 솔리님!
그리고 단아한 들꽃의 순수한 이미지가 연상된다 하여 붙여진 저의 별명, 망초님!
나이도 셋 다 각기 다르고, 고향도 인천, 강원도, 전라도로 전혀 다릅니다.
첫 시작은 포뇨님과 제가 같은 군인아파트에 살면서부터 시작됐지요.
남편들끼리는 R.O.T.C 선후배 사이지만, 근무하는 부대는 전혀 달라서 가족 간의 일면식도 없었지요. 그러다가 같은 교회를 다니며 군인 가족들 간의 모임에서 처음 만나게 됐는데, 아이들의 나이도 같아서 서로 의지가 됐었나봅니다.
눈만 뜨면 만나서 함께 점심을 같이 먹었어요. 뜨개질도 배우러 다니고, 좋은 곳이 있으면 기꺼이 동행 하곤 했던 그 시절이 있었기에, 낯선 군 조직이라는 좁은 울타리 안에서 무난하게 잘 지낼 수 있었던 것 같습니다. 체구는 작고 아담해도 언제나 언니처럼 살갑게 대해준 포뇨님이 계셨기에 말이지요.
남편은 그로부터 얼마 안 있어 2002년, 월드컵의 열기가 온 하늘을 찌를 듯 했던 6월에 제대를 했고요, 포뇨님 네는 아직도 현역 중령으로 용산에서 근무하고 계시지요. 그 때 기저귀를 차고 만났던 애기 친구들은 벌써 고3이 되었으니, 우리들의 인연이 벌써 열여덟 해를 지나고 있네요.

솔리님과는 포뇨님을 통해 알게 되었지요. 발령을 받아 강원도 현리로 이사를 가게 된 포뇨님의 딸과, 오래전부터 현리 토박이로 그곳에 살고 있던 솔리님의 딸이 같은 학교를 다니게 되었고, 그것이 인연이 되어 두 분이 차츰 친해지게 되었지요.
그렇게 어울리면서 포뇨님이 느끼기에, 솔리님과 제가 그렇게 닮은꼴이더랍니다.
성격, 살림하는 취향, 풍기는 이미지, 말하는 것까지도 서로 너무 닮아서 두 사람을 꼭 소개시켜 주고 싶었더랍니다. 그렇게 셋의 극적이면서도 약간의 의도된 첫 만남이 있은 지 벌써 다섯 해가 지났습니다.

세 사람의 인연을 설명하는데 너무 구구절절했지요?
지금 우리 셋은 어떻게 지낼까요?
한 달 전, 함께 대만 자유여행을 다녀왔고요, 1년 전에는 도쿄 자유여행을 다녀왔고요, 2년 뒤에는 셋이 유럽 패키지여행을 가자고 난리들입니다.
우리들의 여행은 적어도 하루에 30,000보 이상씩은 걸어줘야 합니다.
다니면서 시간이 애매하면 식사도 대충 해치워야 하지요.
못해도 하루에 300장 정도의 사진을 찍어줘야 하고요.
멋진 도시의 야경이 보고 싶다면, 밤중에라도 산에 오를 수 있어야 합니다.
그뿐인가요? 음산한 나무 아래나 캄캄한 계단 아래에서는 귀신놀이도 서슴지 않고 해야 하는, 그야말로 도무지 종잡을 수 없는 여행입니다.

하루가 멀다 하고 SNS에서 모여 무슨무슨 꽃나무가 예쁘다거나, 어디어디 카페 분위기가 너무 좋으니 나중에 셋이 꼭 가보자고 얘기합니다.
심심하면 퀴즈를 내서, 맞추는 사람에게 소소한 경품을 주는 놀이를 하면서도 어찌나 치열하게 맞추려드는지, 공짜 경품에 눈이 멀어 죽기 살기로 달려듭니다.
그야말로 이런 원초적인 아줌마들이 다시없을 정도로 서로를 향해 우정과시를 합니다. 하다못해 제가 어떤 물건이 예뻐 보여서 뭔가를 살 때는, 저와 같은 취향의 두 사람이 떠올라 같은 물건을 세 개 사게 되는 경우가 종종 있는데요, 어느 날 보니 저만 그러는 게 아니더라고요. 카카오 톡으로 대화를 하는 중에, "실은 오늘 두 분께 드리고 싶어 산 게 있어요."라고 하면, 기다렸다는 듯이 저쪽에서도 "실은 나도 뭔가를 좀 준비 했어요." 이런 식이죠.
찌찌뽕이 너무 많은 우리들입니다.
여행가기 전, 각자가 가고 싶은 여행지를 추려서 최종 여덟 군데의 후보 행선지를 놓고, 최우선적으로 가고 싶은 곳을 동시에 말해서 의견일치가 되면, 그곳으로 정하자고 하고 결정된 곳이, 바로 대만이었어요.
하나아, 두울, 세엣, 대만!
실시간으로 각자의 핸드폰을 보면서 소름 돋도록 놀랐을 우리들의 모습이 상상이 되시나요? 어마어마한 찌찌뽕 사건이었습니다.

서로에게 잘 보이려 굳이 애쓰지 않고, 내 마음을 알아주라고 투정 부리지 않아도, 묘하게 상대의 마음을 먼저 읽어주는 우리들은 공통분모가 어쩜 그리 많은지 모릅니다. 타고난 성정이야 다르겠지만, 가치관이라든가 삶을 대하는 태도, 마음 씀씀이, 취향도 비슷하고 의기투합도 너무 잘 되지요. 진짜 친한 친구들 같아요.

너무 감사한 일이지요. 우리 셋은 아직까지도 서로를 참 신기해 합니다. 늦게 만난 인연이 이렇게 깊어지고 스스럼없이 서로를 좋아해줄 수 있는지 정말 놀랍다고 말합니다. 서로를 보면서 배우고, 서로를 통해서 인생의 참 의미를 더 깨달아 가는 것 같아요. 더 나이 들고 더 늙어서까지도 지금처럼 친구로 오래오래 지낼 수 있으면 좋겠습니다.

살림을 맛깔나게 잘하고, 다른 사람을 잘 이해하고 잘 챙겨주며, 목공이면 목공, 그림이면 그림, 퀼트며 자수며 못하는 게 없고, 좋아하는 나무와 꽃이 비슷한 나의 두 지인, 포뇨님과 솔리님!

나의 삶이 지루하지 않고 기쁨으로 출렁이는 이유 중 하나, 바로 봄꽃 같은 당신들이 있기 때문입니다. 굿 프렌즈 포망솔!

마음으로 새기는 오늘 하루
그대에게 가는 길은 그래서 언제나 따듯합니다
나를 아껴주던 그날의 위로를 기억합니다
때론 우리의 삶이 서럽게 반짝이는 까닭에
오늘은 그저,
그대에게 기대고 싶은 마음만 내어 놓습니다

내게 보여준 당신의 사랑이 하도 고맙고 감사해서
간지러운 두 눈을 뜨지도 않고 햇살 쪽으로 길게 목 빼고
오래도록 당신을 마중합니다
질끈 감은 두 눈을 뜨지도 못하고

여행이 주는 처방전

여행지에서 랜드마크만 찾아가서 보지 말고 내키면 동네 카페에서 동네 사람들과 이야기도 하고 벼룩시장에 가서 구경도 하면서 거기 사는 사람처럼 여행하는 거야. 그게 더 멋져.
그리고 생활은 여행처럼 해. 이 도시를 네가 3일만 있다가 떠날 곳이라고 생각해.
그리고 갔다가 다신 안 돌아온다고 생각해봐.
파리가 아름다운 이유는 거기에 3일밖에 못 머물기 때문이야.
마음의 문제야. 그러니까 생활할 때 여행처럼 해.

– 『여덟 단어』 박웅현, 인생을 대하는 우리의 자세

여행은, 사실 여유롭게 일상에서 벗어나 새로운 환경이 주는 설렘과 기대감을 맛볼 수 있어서 한껏 흥분되는 일입니다. 그러나 우리들은 흔한 말로, '집 떠나면 개고생이다!', '내 집만 한 곳이 없다!' 라고 말하면서 여행 후유증을 토로하기도 하지요.
물론 내가 익숙한 곳에서의 생활이 아닌, 낯선 곳에서의 생활이니 편할 리 없겠죠. 그렇지만 여행이, 피곤을 자처하고 예기치 못한 수많은 변수들과 맞닥뜨리는 모험이라고 할지라도, 저는 기꺼이 떠나기를 갈망합니다. 억지로 떠밀리듯 가는 것이 아니고서는 기회가 된다면 자주자주 떠나보기를 갈망합니다.

이제까지 가보지 못했던 새로운 곳을 간다는 것은, 내 안의 또 다른 나를 발견해내는 신비한 경험입니다. 늘 하던 대로의 일상이 아니기에 자꾸자꾸 도전의식을 갖게 되고, 안 해보던 일도 해보면서 또 다른 소소한 재미와, 여행지에서 느끼는 감흥들을 고스란히 마음에 새기고 눈에 담습니다. 사진도 되도록 많이많이 찍습니다. 더러는 나이 들어 표정도 부자연스럽고 자신의 모습이 만족스럽지 못해서 사진 찍기를 꺼린다는 사람들도 있습니다. 그러나 수 십 장의 사진을 찍다 보면, 그래도 한두 장의 인생샷이 잡힐 때가 있고, 나답지 않게 잘 나온 사진도 분명 나오기 마련이지요. 또 무엇보다도 요즘 핸드폰의 애플리케이션 기능이 너무 탁월해서 약간의 수고로움만 더한다면, 보정을 통해 괜찮은 사진을 건질 수도 있습니다.

스치는 바람과 그날의 날씨와, 거리를 거닐 때 들리는 생활 소음들까지는 다 담을 수 없겠지만, 사진을 보면서 또 한 번 여행을 할 수 있게 되는 것이지요. 그 때 맛보았던 길거리 음식들, 그날 나에게 도움을 주었던 어떤 사람들, 한참을 헤매고서야 찾아낸 목적지, 그리고 뜻하지 않게 마주한 풍경들! 이런 것들은 직접 떠나보지 않고서는 마주할 수 없는 것들입니다. 소소한 경험들이 나를 더욱 움직이게 하고 열정적으로 채워주며 새롭게 발견된 나의 모습들과 만날 기회를 자꾸 만들어 주기도 합니다.
많이 보고 느끼는 것이 삶을 풍요롭게 해주고 긍정의 에너지를 준다는 것에 이의가 있을까요? 맡은 자리에서 열심히 제 할 일만 묵묵히 하는 사람과, 열심히 일하고 한 번 쯤 재충전을 위해 떠나는 당신 중, 누가 더 삶의 가치를 높게 평가할 수 있을까요?

시간이 없어서, 돈이 없어서…… 없다는 건 숫제 핑계입니다.
진짜 없는 건 시간이나 돈이 아니에요. 가겠다는 본인의 실천의지가 없는 거예요.
가려고만 한다면 한 며칠 휴가를 얻는 게 그렇게나 어려울까요?
가려고만 한다면 여비는 어떻게든 마련할 수 있습니다.

몸담고 있는 근무지의 상황들과, 나의 부재로 인해 겪을 가족들의 불편함, 선택적 지출 등의 갈수 없는 이유들을 생각하고 떠나려 한다면, 꼬리에 꼬리를 무는 기우들에 붙들려 여행이 현실에서 자꾸 멀어지게 됩니다. 그러나 내가 동경하던 여행지를 다녀오게 되면, 고생했던 기억도 웃으며 반추하게 되고, 나누고자 하는 마음의 여유가 생겨나고, 어느 자리에서건 배우고자 하는 의욕들이 생겨납니다. 적어도 제 경우엔 그렇습니다. 물론 가족들을 나 몰라라 할 순 없지만, 돌아온 후의 나의 일상이 더욱 새롭고, 활기차고, 가족들에게도 긍정의 에너지로 돌아가는 것은, 역시 여행이 주는 최고의 처방전입니다.
무엇이 염려스러운가요? 떠나보면, 다음 여행을 생각할 때까지 행복과 열정으로 자신의 삶을 채울 수 있습니다. 자신을 믿고 떠나보세요.
이제 2년 후의 저의 목표는, 에펠탑이 뒤로 보이는 곳에서 셀프카메라로 인증샷을 찍는 것입니다. 찍자, 까짓 꺼! 그게 뭐 어렵냐고요!

낯선 감정들

과거의 어느 한 때, 어느 한 순간을 떠올리면 그날의 좋았던 기분들도 함께 떠오릅니다. 그날에 느꼈던 감정들, 그리고 순수함과 설렘이 떠오르고 함께 했던 사람들도 생각나게 마련이지요. 그런 추억이 있기에 우리는 계절이 한창일 때마다 또다시 떠남을 계획하고, 여행을 동경하는지도 모르겠네요.

반복된 일상 속에서 쉼이 필요하다고 느껴진다면 지금이 바로 그 때 일거예요. 가볍게 떠나보세요. 늘 가던 곳이 아닌 낯선 곳에서 우리의 눈은 새로운 것에 주목하게 되고, 우리의 가슴은 낯선 감정들에 친숙해질지도 모르잖아요.

긴장감이 없는 일상은, 우리에게 쉬이 피로를 주고, 삶이 무료하다고 느끼게 하는 주범이지요. 낯선 상황에 나를 던져놓는 방법은, 그런 무료한 일상에 활력을 줄 뿐만 아니라, 적당한 긴장감으로 매순간들에 좀 더 집중할 수 있게 해줍니다.

오늘은 늘 내리는 집 앞 버스 정류장보다 한 정거장 쯤 전에서 내려 봐야겠어요. 무심코 지나쳤던 그곳에, 내가 애타게 찾고 있던 그 어떤 것이 있을지도 모르잖아요.

무엇에 대한 그리움인지
누구를 향한 고백인지 알 순 없으나
오늘도 마음이
마른 종이 위에서 갈팡질팡합니다

어쩌면 우리들의 인생은
별일 없이 시작되어 별일 없이 지나는
시간들의 연속은 아닐까?

때론 쉼표,

여행에 관한 책을 읽고, 여행 채널을 보고, 여행에 대한 로망을 꿈꾸는 요즘입니다.

쉼이 필요한 때 인가봅니다.

때론 한 박자 더디게, 때론 주위 것들을 내려놓고, 내 마음이 원하는 것을 해줄 필요가 있지요.

어떤 식으로든 지친 우리들의 마음에 건강한 에너지는 반드시 필요하니까요.

내가 느끼는 감동과 깨달음은 '엔도르핀' 보다도 더 강력한 '다이돌핀' 이 솟는 유익한 행복입니다.

멀리 보고, 큰 숨을 들이쉬며 잠시 쉬어가도 좋을 당신입니다.

너의 마음이 되어 줄게

미국 미주리 주의 작은 시골마을, 어느 미용실 앞에는 머리를 깎으려는 한 무리의 사람들로 장사진을 이루고 있었습니다.
그런데 이 사람들이 모두 하나같이 삭발을 요구하는 것입니다.
한 사람의 열외도 없이 한 무리의 사람들이 삭발을 하기 위해 이렇게 몰려든 것에 미용실 직원은 의아해했습니다. 알고 보니 오늘 온 손님들은, 50명 정도가 전부인 이 마을 작은 교회의 성도들이었습니다.
미용사는 처음에는 이상한 교회의 광신도들이라고 생각했습니다. 그러나 여기에는 사연이 하나 있었습니다. 이 작은 교회에는 암으로 투병중이었던 줄리아라는 사춘기 소녀가 있었습니다. 온 성도들의 사랑을 받아오던 줄리아는 암수술을 받고 항암치료까지 마쳤으나 그 일 이후로 교회에 나오지 않게 된 것입니다.
목사님과 성도 몇 분이 줄리아의 집에 방문하고 나서야 교회에 나오지 않게 된 진짜 이유를 알았습니다.
남들에게 한참 예뻐 보이고만 싶은 사춘기 소녀에게는 항암 치료 후 머리카락이 자꾸 빠져서 삭발을 하게 된 자신의 모습을 감당하기가 쉽지 않았던 것입니다.
잘 다니던 교회를 더 이상 나가지 않게 된 것도 자신을 안타깝게 쳐다볼 주위 사람들의 시선을 피하고 싶었기 때문이었습니다.
그래서 생각을 모은 성도들은 줄리아가 부끄러움을 느끼지 않도록 목사님과 함께 모두 삭발을 하기로 했던 것입니다.

이 사연을 듣고 감동한 미용사는 방송국에 제보를 했습니다. 사춘기 소녀인 줄리아에게 특별한 추억을 만들어 주기 위함이었습니다.
그렇게 해서 줄리아의 엄마는 주일이 되어, 줄리아를 간곡하게 설득한 끝에 모자를 씌워서 딸과 함께 교회로 갔습니다.
교회 문을 여는 순간, 예배당 안의 모든 사람들이 자신과 똑같은 빡빡머리인 것을 본 줄리아는 모자를 써야할지, 벗어야할지 당황해하며 몸 둘 바를 몰랐습니다.
그리고 결심한 듯 당당히 모자를 벗었습니다. 그 상황을 중계하던 리포터는 그 자리에서 눈물을 글썽이며 고백했습니다.
"저는 크리스천이 아닙니다. 그러나 언젠가 교회를 나가게 된다면, 이런 교회를 나가고 싶습니다." 방송을 지켜보던 많은 사람들 역시 감동의 눈물을 흘렸습니다.

남을 위한 진정한 배려는 이런 것이 아닐까요?
상대방을 이해한다고, 그저 간단한 위로의 말로 끝내는 것이 아니고, 온전히 상대방의 입장이 되어서, 진심으로 그와 같아지려는 그 마음이야말로 진정한 배려가 아닐까 생각합니다.
평소에 남을 배려한다는 것이 쉽다고 생각했습니다.
하지만 상대방의 마음을 제대로 읽지 못한 내 방식대로의 배려는 오히려 오해를 낳게 됩니다. 상대방의 마음을 진정으로 이해하려면, 그 사람의 온 마음을 제대로 읽어내야겠지요. 진짜 원하는 그 마음이 되어 주는 것!
오늘은 관계의 소원함으로 힘들어하는 친구에게 전화를 해보려

합니다.
"너를 이해해"라는 위로의 말 대신,
"너의 마음과 내 마음이 똑같아."
"힘들면 힘들다고 솔직히 말해."
"끝까지 다 들어 줄 준비가 되어 있어, 언제든."

누구라도 그대만 같아라. 언제라도 오늘만 같아라
꽃 같은 그대의 하루를 조용히 보듬어 안는다

겉만 보고도 속을 안다고요?

수박은 굳이 쪼개지 않고 겉만 보고도
그 맛을 분명하게 느낄 수 있지요?
이미 너무나도 익숙하기에
초록색 겉껍질만 봐도 발그레한 속과
달콤한 맛과 향을 느낄 수가 있어요.
아는 만큼 보이는 것이니까요!

누군가는 저를 대하면서 함께하고픈
오래된 지기처럼 편안하고
친근함을 느낄 수 있었으면 좋겠습니다.
누군가는 저를 대하면서
손잡아주고, 격려해주고,
언제라도 도와주고 싶은 농익은 마음이
퐁퐁 솟아났으면 좋겠습니다.
겉만 보고서도 속을 알 수 있는 사람이라면
얼마나 믿음이 갈까요?

어느 여름날 무심결에 문득 고개를 들었을 때 시원하고 달콤한 수박 한 입 생각나는 것처럼, 거리낌 없이 불러다가 차 한 잔을 나누며 수다를 떨고 싶어지는 그런 사람으로 기억되었으면 참말 좋겠습니다.

어김없이 때를 맞춰 꽃을 피우고 열매를 붉히는
성실한 자연 앞에서 오래도록 눈을 맞추고
느긋하게 바라보며 나지막하게 속삭입니다
나도 너를 닮고 싶다고

현리에서 날아든 고마움이라는 꽃

"택배 받았어요?"

"네, 잘 받았어요. 뭘 이렇게 많이 보내셨어요?"

해마다 이맘때면 강원도 현리에 사는 지인이 귀하디귀한 야생 곰취와 취나물을 보내주십니다.

도시에서도 어렵지 않게 사먹을 수 있는 푸성귀지만, 직접 들에서 뜯어다가 보내주시는 그 마음 단도리에 또 훈훈해지는 저녁입니다. 연한 잎은 저녁 식사 때 바로 쌈 싸먹기로 하고, 넓적한 곰취는 간장물을 끓여서 장아찌를 만들어 봅니다. 두고두고 무쳐먹고 된장국을 끓여 먹을 요량으로 취나물도 데쳐두었지요.

멸치육수를 우려서 취나물과 함께 여린 상추(이것도 역시 같은 날, 다른 지인이 준 것입니다)를 듬뿍 넣고 끓인 된장국은 진짜진짜 맛있습니다.

"이거 어디서 났어? 연한 것이 입맛 돌게 하네."

식탁에 마주한 남편도 된장국을 맛보며 한마디 건넵니다. 제철 식재료로 얼큰하고 구수하게 맛을 낸 된장국은, 그대로 자연의 맛을 느낄 수 있지요.

하물며 청정지역 강원도 현리에서 맘씨 고운 지인이 보낸 것인데 어련할까요.

겉절이도 뚝딱뚝딱 입맛 도는 밥반찬이 되어주고, 쌈장 하나만 있어도 밥 한 그릇이 감쪽같이 사라집니다. 주는 사람의 마음이 느껴져서인지 몸이 더 건강해지고 살찌는 기분입니다.

자신이 직접 키운 것을 남에게 줄 때는, 풍족하게 남아서 주는 게 결코 아닐 것입니다. 받을 사람이 기뻐하고 맛있게 먹어 줄 것을 알기에 담아 보내면서도 받을 사람을 내내 생각하게 되는 것이지요. 잘 받았는지부터 맛있게 먹었는지까지……

그렇게 또 고마움의 인사를 받고 나면, 보낸 이의 마음속에 사랑은 더 두텁고 크게 자리할 것입니다.

뭐든, 자연에서 온 것은 귀하지 않은 게 없습니다.

먹을 사람을 생각하며 챙겨주는 그 마음이 있기에 더더욱 그렇습니다.

든든한 저녁을 먹고 난 지금, 저는 또 누구에게 이 봄의 마음을 전할까요?

나무숲을 걸어요, 쉼 없이 하늘을 보아요
파란 하늘에 수놓인 뭉게구름
그리움의 숲에 왔어요
끝도 없는 아득한 하늘을 보아요
나를 껴안는 따사로운 바람결, 당신임을 알아요

너를 보여줘

"참 배울 점이 많은 친구야."
"너를 보면서 자극을 많이 받는다."
"지혜로운 사람이에요."
"양파 같은 사람, 알면 알수록 좋아져요."
"작은 것을 놓치지 않고 참 예쁘게 보는 눈이 있어, 너는."

친구들이나 지인들이 저를 보면서 기분 좋은 칭찬을 해줄 때가 있습니다.
행복한 오해라고 해도 좋고, 듣는 사람의 기분을 너무나 행복하게 해주는 이런 말들은 사실, 다른 이를 보면서 저 또한 느끼는 감정들이기도 합니다.
책을 통해서 깨닫거나, 혹은 사람들을 만나 대화를 해보면 남에게서 배우는 지혜가 상당히 많지요. 나와 다른 사고방식과 삶의 습관들을 가진 그들은 분명, 나를 깨우치는 자극제가 되어주거든요.
나를 포함해 세 사람이 길을 가면 거기엔 반드시 나의 스승이 있다고 했던 공자의 말씀처럼 사람은 일생을 통해 남에게서 배움을 얻는 것이 맞는 것 같습니다.

남들에게 선한 영향력을 끼친다는 것은 분명 의미 있는 일이겠지요?
누군가를 통해 내가 배움을 얻듯이 나 자신도 누군가에게는 깨우

침을 주는 사람이지 않을까요? 스스로는 미처 자각하지 못하더라도 소수의 누군가는 나의 언행을 통해서 배울 점을 발견할 수 있지는 않을까요?

나 자신조차도 알지 못하는 스스로의 모습이, 타인에게는 배울 점으로 받아들여질 수도 있다는 사실이 놀랍기도 합니다.

이젠 인생의 스승도 만나고, 삶의 가치를 더 자세히 배우고 닦아야 할 때를 지나고 있는 저를 돌아보면서 다짐해봅니다.

내가 하는 일에는 끝까지 책임을 질 줄 알고, 누구에게나 일관된 모습으로 다가가고, 나 자신과의 약속에 철저한 내가 되도록 더 노력해야겠다고 말이지요.

나이가 많든 적든 누군가에게라도 인생의 스승이 되어주도록 나 자신을 단련하고 영향력을 키워나가야겠다고 말이지요.

각자의 삶의 주체가 철저히 '나' 자신이라고 볼 때, 모든 중심이 자신이고 모든 시작도 자신이 되겠지요.

흔히들 한 번 뿐인 인생이라고 여기는 우리의 삶은, 어떤 이유에서든 충분한 가치가 있습니다.

지금 여기.

내가 있는 이 자리.

아름다운 그 자리를 뒤돌아보면, 더 아름다운 열매가 맺혀 있습니다.

나를 풍요롭고 향기롭게 받쳐주는 인생의 빛나는 열매.

아무나 함부로 따 먹을 수는 없겠지만, 열매 한 쪽을 나눌 수 있는 의지는 분명히 자기 자신에게 있지요.

나를 드러내놓기 힘든 세상입니다.
낯선 삶에 대해 경계를 조금 느슨히 하고, 받아들일 수 있는 가슴은 조금 넓게 열어 본다면, 거기서부터 함께 호흡하고 나누는 것을 시작할 수 있습니다.
배우고 깨달아가는 열매가 더 많이 영글어가겠지요!

봄의 마음

집안일에 집중하는 주말
남들은 꽃을 보겠다고
사람들이 많은 사람 숲으로
떠나기를 마다하지 않는데
공부하는 아이들을 놓고
밀린 집안일을 놔두고 나갈 수는 없기에
오는 봄을 맘속에서 내려놓고
주체할 수 없는 꽃 그리움을 가슴 속에 숨겨두고
그저 무심히 세탁기를 돌립니다.
조팝나무가 터지는데, 그저 발 묶인
이맘은 집안에서 터지고,
그래도 눈으로 안보니, 마음이야 접어지는데
이 봄의 색깔은 숨기려 해도 번지고 터져 나와
끝내 구름에게 들키고 맙니다.
베란다 바깥으로 눈과 귀를 걸어놓은 채
무심하게 떠가는 구름만 쳐다봅니다.

유난히 맑은 눈부신 하늘
투명한 유리구슬에 파란 물이 들었네요
마음에도 말간 햇살이 바짝 들어와
살랑살랑
바스락바스락
바짝 마른 단단한 마음만 남아주기를……

모리와 함께 한 나의 휴일

"내가 묻힐 곳을 골랐다네."
"어딘데요?"
"여기서 그다지 멀지 않아. 언덕 위의 나무 밑이야. 연못이 내려다보이는 곳이지. 굉장히 평화로운 곳이야. 생각하기에 안성맞춤이지."
"거기서도 생각을 하며 지낼 계획이세요?"
"거기선 죽어지낼 계획이네."
교수님은 농담을 하고서 킥킥거리며 웃는다. 나도 따라서 웃는다.
"찾아와 줄 텐가?"
"찾아갈까요?"
"그냥 얘기하러 화요일에 와 주게. 자넨 언제나 화요일에 오지 않나?"
"우린 화요일의 사람들이니까요."
"맞았어, 우린 화요일의 사람들이지. 그럼 화요일에 나를 찾아와 주겠나?"

–『모리와 함께 한 화요일』 본문 중에서

죽음에 대한 노교수의 깊은 성찰을 다시금 되새겨 보고 싶은 마음에서 몇 해 전에 읽었던, '모리와 함께 한 화요일' 이라는 책을 다시 읽어봅니다.

삶의 연장선상에 있는 죽음이라는 개념은, 일반적으로 두려운 것임에는 틀림없습니다. 겪어보지 못한 일이기에 어느 누구에게서도 경험담을 들어본 적도 없고 감히 상상할 수도 없는 일이지요. 삶과 죽음은 아예 별개라는 생각마저 들지요.

그렇지만 요즘 죽음에 관해 새롭게 다루고 있는 책들을 접하다보면, 죽음도 삶의 일부처럼 자연스럽게 받아들이라고 말합니다.

모리와 함께 한 화요일을 읽다보면, 자신의 예견된 죽음 앞에서 처연하게 순응하고 오히려 행복한 일상을 더 가치 있게 보내려는 모리교수의 생각을 따라가게 됩니다.

모처럼 한가롭기 그지없는 휴일 아침, 최소한의 움직임만으로 책과 함께 하루를 온전히 보내보리라 마음먹습니다. 모리교수님과 함께 말이지요.

저의 휴일이라는 것은, 집 밖에는 한 발짝도 나서지 않고 세수와 머리감기는 정중히 사양해 주시고 그저 읽기만 하는 것입니다.

엎드려서도 읽고, 누워서도 읽고, 그러다 머리 아프면 기대앉아서도 그저 읽기만 하는 것입니다.

그러다가 문득 생각이 바뀌면 베란다를 청소하기도 하고, 화초에 물도 주고, 집안 환기도 시키고, 양초도 반시간 정도 태우는 것이지요.

일반적인 경우라면 빨래와 청소, 그리고 설거지와 주변 정리 등등의 온갖 집안일을 하고서 틈이 나면 책을 읽지만, 제 경우에는 책을 읽다가 틈이 나면 청소도 하고 밥도 짓고, 장도 보고, 설거지도 한다는 개념이지요.

쉬는 날 하게 되는 일이라고 해봤자 뭐 별게 있겠습니까?
청소기와 세탁기는 돌리는 것이요, 제 몸은 굴리는 것이요, 돌리고 굴리고 나서 배가 고프면 호기 있게 라면이라도 한 냄비 끓여서 신김치에 호로록 먹는 것이지요.
그러고도 심심하면, 동네서점으로 저녁 마실을 가고, 서점도 식상하다 싶으면 동네 도서관을 어슬렁거리며 읽고 싶은 책도 두어 권 빌려오는 것이지요.
잠깐의 외출이라도 허락된다면, 가방 속에 책을 꼭 한 권 쯤은 챙겨서 나갑니다.
앉으나 서나 책을 제 몸 가까이 두어야만 위험하지 않다고 스스로 위안을 삼는 것일까요?
이렇게 책책거리는 제가 평상시 출근해서 일할 때는 어떻게 하냐고요?
걱정하지 마세요. 정말 다행히도 제 직장은 책이 엄청 많은 곳이니까요.
1년이면 1,500권이 넘는 책을 사고, 온 서가를 누비며 20,000권이 넘는 책을 떡 주무르듯 하는 저의 직업은 책 엄마, 그래요, 사서입니다.

뜨겁게 사랑해 보신 적 있나요?

가슴이 아리고 먹먹해지는 느낌!

생각만으로도 눈물이 나고

맘이 동동거리고 애태우는

첫사랑의 신선함과 같은

Part 3

커피가 말을 건 그리운 오후 네 시

자국

좋아하는 사람과 함께하는 시간은
그것이 찰나의 순간일지라도
소중하고 감사하다
조금은 덜 힘들 수 있는 이유
그래서 힘이 나고
조금은 덜 아플 수 있는 위안
그래서 치유가 되고

오늘은 지나가겠지만
그저 지나는 것이 아니라
결국은 그 자리에 자국이 남는 것

익숙한 오늘에
익숙한 자리에 나를 내어 주고서
나는 또 나를 잠식한다
불빛 그림자 아래
오롯이 나만이, 가만히……
오롯이 나만이, 지그시……

엄마 자궁 속 같은

우리가 어떤 사실에 대해 '그러하다' 고 믿는 것들에는, 단순히 그냥 그렇게 믿고 싶은 나의 의지가 들어가 있는 것도 있어요.
예를 들자면, 우리가 어느 순간, 아득히 편안해짐을 느낄 때 보통 '엄마 자궁 속' 같다는 표현을 씁니다. 그것은 우리가 경험하지는 않았지만 아니, 엄밀히 말해서 분명히 경험은 했지만 우리의 의식으로는 도저히 기억이 불가능한 그런 일처럼 부정할 수 없는 어렴풋한 느낌의 확신인거죠.
나이가 들수록 뭔가 나만을 위한 것들이 필요하다고 절실하게 느낍니다.
'엄마 자궁 속' 처럼 나를 완전히 은폐시켜 줄 수 있는 은밀한 무엇인가가 필요한 것이지요.
소일할 것도 없이 무료하다고 느껴지면 그냥 습관처럼 나서게 되는 나만의 장소.
무시로 흥얼거리고 하루에 수십 번 씩 들어도 지겹지 않은 나만의 노래.
늘 사람들과 어울려 생활하지만 그래도 사람이 그리울 때면 문득 생각나고 갑자기 만나고 싶어지는 나만의 사람.
잊고 있었다고 생각했지만 사실은 어느 때라도 불쑥불쑥 꺼내볼 수 있게 고이고이 접어 두었던 나만의 꿈.
그리고 나만의 행동, 나만의 날……
그런 나만의 것들은 반드시 필요합니다.

하루쯤은 온전히 나만을 위한 여행을 다녀와도 좋겠습니다.

작년 5월에 혼자서 자작나무 숲을 다녀온 적이 있는데요, 지금도 그 시간의 소중함은 이루 말할 수 없이 값진 것으로 기억됩니다. 온 세상의 시간이 나를 위해 멈춘 듯, 고요함이 낮게 나를 감싸 안는 느낌이란……

"안녕, 자작나무야. 너를 이렇게 만나는구나."

"어서 와, 같은 자리에서 언제나 기다리고 있었어."

"혼자 왔지만, 혼자인 것 같지가 않네."

"숲에서 길을 잃어도 나만 보고 걸으면 돼. 너의 발걸음을 내가 놓치지 않을 거니까."

그렇게 혼자서 숲을 찾는 일은 일종의 나만의 의식이 되어버린 것이죠.

푸르고 하이얀 세계로 나를 초대해 놓고, 그 안에서 잠시 시간을 잊고 온전히 나를 위해 즐겼던 그 하루가 다시없을 소중한 경험이 되었습니다.

숲 한가운데에서 우거진 나무 사이로 하늘을 올려다보며, 그 자리에 붙박이로 서서 평소에 좋아하는 노래를 들어보았습니다.

그 순간, 온 세상이 제가 좋아하는 음악과 꿈꿔왔던 풍경들로 물들어버렸습니다.

제가 좋아하는 노래와 제가 동경하던 풍경을 만나게 해주는 그날의 경험은 정말 잊을 수 없는 감동이었지요. 둘이서 혹은 여럿이서 그곳을 찾았었다면, 절대 느낄 수 없었을 특별한 경험이었습니다. 그날 이후 그곳은 그렇게 나만의 장소가 되었습니다. 그리고 자작나무 숲 속의 어느 지점,(물론 저만 아는 딱 그 지점) 거기에 우두커니 서서 하늘을 올려다보며 노래를 듣는 그 행동은, 그날 이후 그렇게 나만의 행동이 되었습니다.
좀 더 젊어서는 나만의 것들을 만들어가는 일이 쉽지 않아서 미처 생각을 못했지요. 지금은 자녀들이 제법 자라서 엄마의 돌봄을 덜 필요로 하게 되고, 결혼 생활도 안정되고, 직장 생활에서도 문제가 없는 그야말로 그날이 그날 같은 순탄한 쳇바퀴의 삶이 반복되고 있습니다. 하지만 그런 뻔한 생활 리듬 속에서 찾게 되는 나만의 것들을 끄집어내는 순간, 나만의 또 다른 세계와 또 다른 삶이 펼쳐지는 것이지요.

우리는 누구나 혼자서도 즐겁고 행복한 순간들을 많이 만들어 놓아야 합니다.
예전에는 혼자서 쇼핑하는 게 두렵고, 혼자 식당에 들어가서 밥을 사먹는 것은 도저히 있을 수 없는 일이었지만, 어느 순간엔가 혼자 하는 것들이 많이 재미있어지고 편해지기 시작했습니다. 쇼핑도 물론 혼자 하는 게 편하고요. 다니다가 배가 고프면 혼자 밥도 사먹게 되더라고요. 혼자 카페에 앉아 커피를 마시며 시간을 보내다가 오는 것도 꽤 쓸 만한 짓거리입니다. 비가 오는 날이면 유독 그 짓거리가 하고 싶어지는 거예요.
그럼 어떡합니까? 나가야지요. 예쁜 우산을 골라 들고 당장 나가야지요.

쇼펜하우어는 젊은 시절을 '문학의 시기', 중년기 이후를 '철학의 시기' 라고 했습니다. 젊은 한 때, 문학소녀라는 소리를 곧잘 듣던 우리들, 이제는 조금 철학적이 되어가고 있지 않나요? 어느 때라도 나만의 시간이 주어지게 되면, 무엇을 해야 할지 방향을 잃고 주저하는 것이 아니라, 제대로 방향을 잡고 내가 뭘 해야 할지를 재빨리 판단하는 것이지요. 나에게 그런 시간은 정말 필요합니다.
자신을 쓰다듬고 사랑해주는 일의 시작이니까요.

나만의 것을 가져 보세요. 되도록 많이 가져보세요.
그래서 온전히 나를 보듬어 보세요.
내가 좋아하는 나만의 것들을 만나게 해주는 것은 뭐라도 좋습니다.
나만의 사람과, 나만의 장소를 만나게 해주는 일.
나만의 날과, 나만의 노래를 만나게 해주는 일……

이제 또 봄입니다. 주말이 되면 저는 제가 자주 가게 되는 양재동 화훼시장을, 제가 좋아하는 사람을 불러다가 같이 가보려 합니다.
그러면서 그 손에 예쁜 사계장미 한 포트나, 노오란 수선화 한 뿌리를 선물로 안겨주어도 제법 근사하지 않을까요?

열정의 온도는 1℃면 충분합니다

그대여, 아직도 꿈만 꾸고 있나요?
기회는 준비된 자에게 주어집니다.
실행하지 않는 꿈은 한낱 버려지는 쓰레기와 다를 바가 없습니다.

해마다 1월이 되면, '올해는 꼭 이걸 해야지……' 하며 수많은 다짐을 합니다.
시작이라는 것은 저에게 긴장감을 주고, 약간의 의무감을 주지요.
하지만 긴장감과 의무감에 하게 되는 그런 비장한 다짐들도 '이대로 현재에 머무를 수는 없다' 는 생각으로 출발해서, 시간이 지나면서 차츰차츰 무뎌지기도 합니다.
그렇게 뭔가를 시작해야 할 것 같은 조급한 마음이 드는 동안에도, 시간은 금세 지나버리게 됩니다. 지금까지의 게으르고 낡은 습관들은 저 멀리 던져버리고, 내 안의 진정한 나를 찾는 게임을 시작해 보세요. 절실함 안으로 스스로를 살짝 들이밀어 보세요.
그래서 그저 다짐으로만 끝낼 것이 아니고, 작은 것이라도 일단 시작해보는 겁니다.
실행이 답이라고 하잖아요.

자신의 한계를 넘어서려는 노력은 해보지 않으렵니까?
자신을 채찍질해가며 한계를 뛰어넘기 위해 지독하게 움직여야 합니다.

변화의 흐름을 받아들이고 끊임없이 변화를 시도해야 합니다.
남보다 반발 앞서가야 하지 않겠습니까?
아니요, 아니요!
한계를 뛰어넘는 노력도 중요하지만, 꾸준한 노력이 필요하지요.
변화에 발맞춰 지독하게 움직이는 것도 물론 중요하지만, 남보다 꼭 앞서야 한다는 생각은 내려놓기로 해요.
그렇게 치열하게 살아야 할 만큼, 우리가 여유가 없는 것은 아니잖아요?
우리는 그저 매사에 지치지 않을 만큼의 삶의 자세가 필요한 것일 뿐이잖아요.
누군가를 이겨가면서까지 나의 삶을 빈틈없이 메우려하지 않아도 되잖아요.
나에게 여유를 주고, 삶에도 쉼을 주어야 쿵짝이 맞고 손발이 맞아서 가속도를 내지요.
반발 앞서기 위해 한 발 물러설 줄도 알아야지요.
그게 현명한 처사가 아닐까요? 앞만 보고 달리는 건 절대 위험합니다.
우리의 옆에 뭐가 있을 줄 알고요. 좌우를 살피고, 앞뒤를 봐가며 느리게 가더라도 꾸준히 가는 자세가 더 중요합니다. 함께 가려는 자세는 더 중요하지요.

빨리 가려면 혼자가라.
멀리 가려면 함께 가라.
빨리 가려면 직선으로 가라.

깊이 가려면 굽이 돌아가라.

– 아프리카 속담

뭔가를 하려고 결심했다면, 지금이 좋은 기회입니다.
하고 싶은 일이 있을 때마다 버킷리스트도 적어보고, 사소한 바람이라도 적어 놓고 보면, 계획이 좀 더 명확해지고, 이유가 분명해집니다.
매일 매일이 새롭게 채워져서, 1년이 지나고 3년이 지난 후에 보면, 꾸준히 해오고 있었다는 것을 알게 되겠지요.

금맥을 찾아 수도 없이 굴을 파 나가던 광부가, 더 이상의 희망이 없다고 생각하고 지쳐서 돌아서려고 하는 순간, 바로 한 발짝 앞에 거대한 금맥이 있다고 한다면, 여태까지의 고생은 아무런 의미가 없는 것입니다. 거기서 조금 더 나아갔을 때에라야 의미가 있는 것이지요.
'조금만 더', 그리고 지금까지 꾸준히 해왔던 거기에 '하나만 더 보태서'가 우리를 성취라는 결과로 안내해주고, 성공으로 이끌어주는 것입니다.
비로소 100℃가 되어야 끓게 되는 물은, 1℃가 모자란 99℃가 되어도 끓지 않는다는 것을 마음에 새겨봅시다.

다 버려도 버릴 수 없는 한 가지

자신의 진정한 가치를 발견하고 싶다면 늘 더 많이 소유하고 나아지려는 태도를 버려라. 더 많은 것을 가지려고 하면 우리의 내적 에너지는 축적, 획득, 보상, 전리품, 인정, 돈 등에 집중하게 된다. 그뿐만 아니라 이를 충족하지 못하면, 자신을 게으르거나 무책임하다고 여겨 죄책감과 수치심에 시달리게 된다. 하지만 자유로워지기 위해 필요한 것은 더 많은 물질이 아니다.

–『심플한 정리법』 도미니크 로로

어느 날 갑자기 잘 쓰던 가구가 눈에 거슬리고, 버리고 싶어지는 때가 있지요.
이리저리 자리를 바꿔보기도 하고, 과감히 내다버리기도 하고, 쓰임새를 달리해보기도 하다가, 결국에는 지름신의 도움을 받아 큰 맘 먹고 새로 들이기도 합니다.
쓸수록 맘에 드는 가구라면 정말 잘 산 것이지요. 그다지 쓸모는 없지만, 갖고 있으면 왠지 폼 날 것 같은 가구라면, 존재 의미보다도 그저 내 맘에 잠시 위안을 줄 수는 있지만 오래도록 사랑 받지 못하는 천덕꾸러기가 되기 십상입니다.

요즘 들어 자꾸 버리고 싶은 게 많아지는 건 왜일까요? 공간을 비워내고 싶고, 간소화하고 싶고, 대체할 무언가가 없을지라도 그저 버리고 싶어지는 요즘입니다. 제 마음에도 청소와 비우기가 필요한 때인가 봅니다.
무엇보다도 잘 정리하기 위해서는 잘 버리기가 선행되어야 한다는 것이 평소의 제 생각입니다. 미니멀리즘에 관한 책을 읽어봐도, 사람들이 갖고 있는 필요 이상의 소유욕과 과잉에 대해 지적하고 있습니다.
물건이든 사람이든 잘 간수 하고, 때로는 잘 버릴 줄도 알아야 진정한 풍요와 진정한 자유를 맛볼 수 있지 않을까요?
나에게 필요하지 않은 것을 굳이 취하려 하지 말고, 가지고 있음에도 더 이상 소용되지 않는 것은 과감히 버리거나 다른 사람들에게 나눠주는 현명한 정리가 필요합니다.
붙박이장을 한번 확 열어젖혀 보세요. 2년이 지나도록 한 번을 꺼내서 사용하지 않은 물건들로 가득 차 있지는 않나요? 제 경우만 봐도 그렇습니다. 도대체 어디에 소용되는 물건들인지 알 수 없을 정도로 꺼내기조차 힘들게 쌓여 있습니다.
어디 그뿐입니까? 옷장과 서랍장은 미어터지는데, 늘 입는 옷은 한정되어 있습니다. 그렇다면 답은 하나지요. 버려야지요!
하루 이틀 날을 잡아서 버릴 것들을 간추려 내는 것도 방법이겠지만, 주말에만 시간 여유가 있는 저로서는 그것도 쉽지 않습니다.
대신에 크든 작든 매일매일 조금씩 꾸준히 버려보는 방법을 택해봅니다.
언젠가는 사용하게 될 것을 염두에 두고 사열해 놓았던 플라스틱 그릇들부터 시작해봅니다.
이것도 버리려고 꺼내보니, 정말 많기도 많습니다. 그렇게 또 맘먹고 버리려고 하니, 아까운 마음보다는 후련한 마음이 듭니다.

역시 언제나처럼 실행이 답이지요. 나중에 다시 쓸 일은 없습니다. 설령, 나중에 필요하게 되더라도 그건 그때 가서 사면 그만이지요.

내일은 안 쓰는 그릇들을 조금 버리고, 모레는 유행 지나서 안 입는 옷을 조금 버려보려고요. 물론, 번듯하니 누구라도 쓸 여지가 있는 물건은 따로 구분해서 나눔을 할 겁니다.

이 집안에서 버릴 물건들이 아직도 천지인데 조급해하지 않고, 꾸준히 조금씩이라도 실행해보렵니다.

버린다는 것, 잘 비워낸다는 것은 제대로 채울 준비가 되었다는 것이겠지요.

뭐 막말로 그와 그들만 안 버리면 되지 않을까요?

지친하루, 바쁜 하루
아니지,
오늘도 감사!
여전한 오늘에게감사!
떨어지는 빛 속으로
가만히 스며드는 봄 그리움

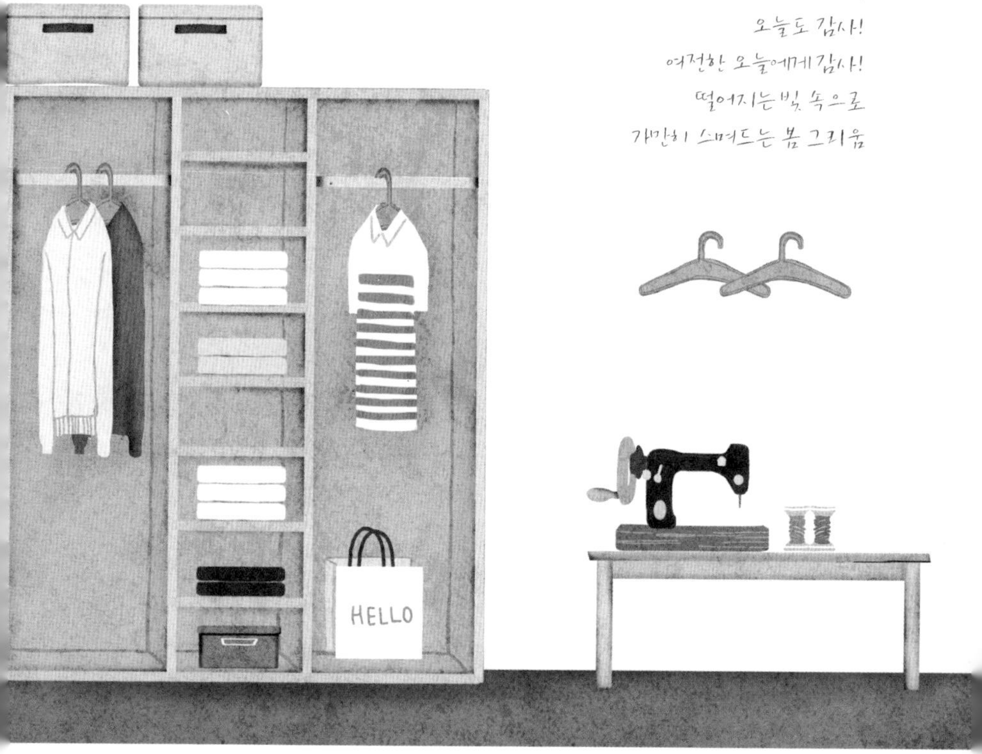

달콤 쌉싸름한 그리움을 삼키며 너의 흔적을 곱씹는 시간
달빛 기우는 창가에 앉아 자꾸만 너를 끄적인다
자꾸만 너를 뒤척인다

생각의 조각

가을이 익어가는 느낌이 좋아요.
날마다 조금씩 깨달아 가는 것도 의미가 있네요.
미처 생각하지 못했던 것들을 마음에 새기며 배우게 되네요.
자연에게서 배우고, 나보다 나이 많은 사람들에게서 배우고……
내 주위의 고마운 사람들, 사랑하는 사람들에게 일일이 안부를 물을 수 없어 마음으로라도 챙겨봅니다.
하루 중 늦은 밤이 되어서야, 깊은 생각들이 차오릅니다. 잠자리에 들어야 하는 시각을 한참이나 넘기고 나서야 비로소 차분한 마음이 되는 것은 오랜 습관이라 어쩔 수가 없네요.
그저 큰마음은 아닐지라도 또 여러 생각의 조각들로 하루를 마감하는 것이 그래도 나름, 하루 일을 되새김질 하는 양 의미가 있네요.

가을이 익어가는 느낌이 좋아요.
날마다 미세하게 달라져가는 은행잎의 색깔 변화를 보고 어서어서 물들어 가기를 바라는 것도, 제법 그것마저도 설렙니다.

너마저 떠나가면 나는 나는 어쩌나

지하철역으로 향하는 계단.
환승을 위해 분주하게 오가는 한 무리의 사람들이 보입니다.
추위에 잔뜩 몸을 움츠리고, 어떻게든 이번 열차를 놓치지 않으려는 듯 발걸음을 재촉하며, 움직이는 에스컬레이터 위에서도 뜁니다.
도착한 열차 안쪽으로 몸을 욱여넣기 위해 발꿈치도 들어보고, 숨을 한껏 들이쉬며 눈동자만 말똥말똥 굴려봅니다.
그러다 빈자리가 생기면 앉아서 책을 꺼내 읽지요.
잠시 호흡을 가다듬고 눈을 들어 주위를 살펴봅니다.
한손에는 가방을 잡고 한손에는 스마트 폰을 쥐고, 심지어 어떤 사람은 아이패드를 꺼내들고 위협적으로 뉴스를 읽고 있네요. 귀에는 이어폰을 꽂은 채로 말이지요.
그랬으면 화면이든 음악이든 무엇에라도 집중을 좀 하시지, 보는 사람도 신경 쓰이게 자꾸 두리번거리고 시선처리가 불안해 보입니다.
화면을 주시하며 가끔 뭐라고 혼잣말도 해가면서 말이지요.
열차 안 사람들의 대부분은 스마트폰을 들여다보고 있습니다.
오늘따라 유난히 옆에 있는 여자 분이 줄기차게 통화를 하고 있네요. 굳이 듣고 싶지 않아도 들리는, 시시콜콜한 잡담이지요. 아무리 신경을 안 쓴다고 해도 신경이 쓰입니다. 그 정도가 되면 책을 읽다가 저도 비장의 무기인 이어폰을 꺼냅니다.

제가 독서를 하면서 음악을 듣는 이유는 그런 주위의 잡담에 신경을 끄고 싶기 때문입니다.
그러면 또 누군가는 저에게 이렇게 묻고 싶겠지요.
"음악 소리가 더 시끄럽지 않아요?"
아닙니다. 익숙한 음악은 그냥 신경 쓰지 않아도 되는, 일종의 잡음차단제의 역할을 해줍니다.
그렇다고 해서 볼륨을 키워서 듣는 것도 아니고, 그저 주위의 소음이 묻힐 정도의 볼륨으로 듣기 때문에, 잡음들을 피해 오히려 독서에 집중할 수 있게 해줍니다.
끊을 줄 모르고 이어지는 통화소리에 집중력이 떨어져버렸으니 오늘은 음악을 듣는 대신에 대놓고 제 주위의 사람들을 좀 더 길게 탐색해보렵니다.

아이구야, 저기 오른쪽 옆을 좀 보세요.
젊은 남녀 한 쌍이 꼭 붙어 앉아 얼굴을 맞대고 서로에게 뭐라고 속삭입니다.
제가 빤히 쳐다보고 있는데도 전혀 아랑곳하지 않고 말이죠. 열차의 종착역까지도 저러고 갈 기세입니다. 여행용 트렁크를 앞에 세워 두고 한 쪽 팔은 여자의 어깨 뒤로 둘러 얹고 세심한 손길로 얼굴을 어루만지고 있네요. 아마도 동해에서 즐거운 시간을 보내고 오는 길인가봅니다.
트렁크 위에 만석 닭 강정 한 상자가 떡하니 올려 져 있네요.
애정표현에도 과감해진 요즘 젊은 연인들의 모습은 닭 강정만큼이나 매콤 달콤한 것 같습니다. 이런 다정한 모습은 그나마 낫지요.
조금 떨어진 곳에 나란히 앉은 젊은 남녀는 말다툼을 합니다.
싸늘한 표정의 여자가, 눈빛으로 남자를 찍어 누를 기세입니다.
남자는 일방적이고도 공개적으로 혼나고 있는 상황에서도 여자의 비위를 맞춰가며 쩔쩔맵니다.
져주는 건지는 모르겠지만, 누가 봐도 진 것 같은 패자의 모습으로 말이지요.
'여자여, 남친 좀 살살 다뤄주지! 뭐 그리 혼날 일을 했다고 도끼눈을 부라리고 쌀쌀맞게 눈총을 주는가.'
가만히 듣고 있자니, 본인 입장만 내세우며 몰아붙이는 형국이구만.
곰살궂게 구는 여자 친구라면, 남자의 입장에서도 얼마나 사랑스러울까요?
물론 연인들이 큰 일로 싸우지는 않지요. 통화하는 얘기만 들어봐도(어디까지나 본의 아니게 듣게 되는) 진짜 별 것 아닌 일로 상대방을 쥐 잡듯이 몰아붙입니다.
'저러지 않으면 더 좋을 텐데……' 하는 안타까운 마음도 듭니다.
저라고 뭐 저만한 나이 때 그러지 않았을까마는 적어도 저는 남자의 기를 꺾지는 않았거든요.

이번엔 중요한 약속을 앞에 둔 아가씨 차례인가 봅니다.
자리에 앉자마자 가방에서 작은 파우치를 꺼내더니 정성들여 화장을 시작합니다.
열심히 찍고 바르고, 누가 봐도 두드려대는 속도가 화면 2배속의 속도만큼이나 빠르고 섬세합니다. 이어서 마스카라도 꺼내서 칠하는데, 시선을 연신 거울 속 본인에게로 고정한 채, 고개만 이쪽저쪽과 위아래를 번갈아봅니다. 눈동자가 한곳만 응시하니, 가만히 보면 좀 무섭습니다. 립스틱도 마저 바르고 화장을 다 마친 후, 거울을 조금 멀리해서 얼굴 전체의 밸런스를 확인하는군요. 거울로는 못미더운지 스마트폰 액정으로도 한 번 더 확인해줍니다.
모르기는 해도 저 아가씨 성격이 꽤 꼼꼼할 것 같습니다.

하루에도 무수히 많은 사람들이 출퇴근길에 이용하는 지하철!
혼잡함 속에서도 나름 목적지를 향해 가는 그 발걸음이 때론 지쳐 보이고 때론 설레 보여도, 지하철은 늘 같은 속도로 안전하게 우리를 실어 나르는 고마운 대중의 발이지요.
다른 때와는 다르게 오늘은 새로운 경험을 했네요.
'사람구경!'
그래선지 유난히 마음도 가볍습니다.

자, 어쨌거나!
우리는 저마다 다른 목적을 가지고 지하철을 타고, 저마다의 방식으로 열차 안에서 시간을 보냅니다만, 무슨 상관입니까? 괜찮습니다.

저 이번에 내려요!
멀어져가는 열차를 향해 인사합니다.

'그대들이여, 잘 가요!'

아뿔싸!

'내 이어폰……'

바로 어제 강남역 지하상가에서 비싸게 주고 샀던 내 까만 이어폰……

비람이 불면 흔적도 없이 날아가 버릴 테지
바람에 실려 흩어져 날아가 버리면
홀연 무엇이 남을까?
어쩌자고 마음을 밖에다 걸어 두었을까?
어쩌자고 내어 놓은 마음을 들켰을까?

오늘은 꼭 그대에게밥을 먹이고 싶었습니다
내 손으로 조물락거린밥
마음 속 깊은 밑바닥에서부터
사랑을 길어 올려다가 손으로 꾹꾹 누르고,
짭조름한 사랑 가루에 굴려
정성껏 조물락거려봅니다
맛있어져라, 맛있어져라
아프지않게, 고프지않게, 마음 단단해지게……

너의 발걸음

오후의 기우는 햇살을 보고 있자니
달그락거리는 따스함과
비둘기의 바스락거리는 날갯짓이
구슬프게 들리고
기다리자고 앉은 돌계단 위로
가만히 다가오는 바람결에
시간을 부여잡고 떼를 써보다가
차마 발길을 돌립니다

따사로운 봄날의 햇살과 바람을
이곳에 부여 놓고
다시 온다는 약속은 못하지만
시간 앞을 서성이며
이내 다시 돌리는 발걸음이
못내 눈물겹습니다

커피, 빠지다

언제나 같은 자리에서 같은 미소로 저를 위해 커피를 끓여주는 한 남자가 있습니다. 커피를 좋아하지 않던 제가 커피의 쓴 맛을 이해하고, 입안에서 오래도록 남는 깊은 향을 느낄 수 있었던 것도 그 남자의 커피 덕분이었습니다.
손끝이 섬세한 그 남자의 커피가 익숙해진 지금은, 그날의 기분에 따라 마시게 되는 커피도 제법 다양해졌습니다.

오늘처럼 저 자신을 낯선 자극에 던져놓고 싶을 때는, 아무래도 모든 커피의 어머니격인 에스프레소를 마셔보면 좋을 것 같습니다.
"지금 이 시간에 에스프레소를 마시면 잠 못 잘까요?"
"지금이 6시니까, 큰 지장은 없겠지만, 그래도 심쿵 하실 수 있어요."
"카페인에 그다지 예민하지 않으니, 맛 볼게요. 한 잔 주세요."
"에스프레소에는 헤이즐넛 시럽이 괜찮을 거예요."
하시며, 작고 고운 잔에 차분차분 에스프레소 한 잔을 내려 주십니다.
그 손길 한 번에 심쿵 한 번, 처음 맛보는 강렬한 에스프레소 한 잔에 또 다시 심쿵 한 번!
짜릿하게 목을 타넘는 쌉싸름한 검은 유혹은, 지레 겁부터 먹고 있던 저에게 꽤 괜찮은 선택이었습니다. 생각만큼 쓰지 않았고,

생각만큼 카페인이 걱정되지도 않았습니다.
앞으로도 오늘 같은 마음이면 더 자주 에스프레소를 찾게 될 것 같습니다.
처음 가져본 느낌이지만, 내밀고 싶지 않은 느낌입니다.

에스프레소에 물을 더 부으면 아메리카노가 되는데요.
아메리카노는 체내 지방을 분해해서 다이어트에도 효과가 있다고 합니다. 신장활동을 촉진시켜 변비에도 개선효과가 있다고 하니, 사실 카페인이라고 해서 무조건 피할 것은 아닌가봅니다.
늘 그날이 그날 같고, 몸이 좀 무겁다고 느껴진다면 깔끔한 아메리카노가 제격일 것 같아요. 크레마가 적당히 있어서 짧게 지나가는 깊은 쓴맛이 깔끔하리만치 좋을 아메리카노. 이곳에서 맛보는 아메리카노는, '커피 맛이 다 거기서 거기다.' 라는 저의 편견을 한방에 싹 없애주었답니다.
뭔가 중요한 결정을 앞두고 잠시 헷갈린다면, 의외로 복잡하지 않고 부담 없는 아메리카노를 마셔보세요.

남자친구와 연애가 한창 진행 중이라면, 달콤한 카라멜 마끼아또는 어떨까요?
일부러라도 입술에 희멀건 크림을 묻혀가며 맛보는 달콤함은, 세상 무엇에도 견줄게 없을 것 같아요.
뭉게구름 한 조각 걸려있는 파란 하늘이 그저 예쁘게만 보인다면, 분명 사랑에 빠져있다는 것일 테죠? 그럴 때 마시는 카라멜 마끼아또라면, 평생 잊지 못할 달콤한 맛일 거예요.

때로는 나를 위한 보상이 필요할 때, 맛있는 커피 한 잔으로도 얼마든지 행복해질 수 있다는 걸 새삼 느낍니다.
그날의 기분에 따라 다르게 마시는 커피 한 잔의 호사, 이제 누려봐도 되지 않을까요?

신용산역 아스테리움 지하 1층. 카페 "올레"에 가면, 오늘도 커피를 끓이고 있을 그 남자를 만날 수 있습니다.
보랏빛 무스카리의 은은한 향이 묻어나는 그 남자, 곧 만나러 갑니다.
오늘도 심쿵!

까만 밤하늘에 흩뿌려놓은 너
걸었던 발걸음 되돌려 그리운 그림자를 되밟다보면
어느 새 내 발치로 내려와 흩어지는 너

사람을 무모하리만치
용감하게만들어버리는,
돌아서면 들통 날 마음과
곁을 내주려는 꽃이
문득 고개를 내밀어
이 밤,
아프게 깊다

나눔의 화요일

아침 일찍, 나는 못 먹지만 아이들 먹고 가라고 새 밥을 짓고, 나는 못 먹지만 아이들 간식으로 먹으라고 호박 고구마를 굽습니다.

빠듯한 출근길이었지만 평소 마음 가는 선생님께 드리고 싶어서 카페라떼 두 잔을 사들고, 아침 대신 먹으려고 챙겨 온 단감은 운영실 직원들 나눠드시라고 살포시 드렸습니다.

그러고 보니, 제가 오늘 주기만 한 것은 아니었네요.

오늘만 저보다 더 늦게 집을 나서는 남편이, 출근해서 먹으라며 잘 익은 호박고구마를 얼른 챙겨서 가방에 넣어주고, 카페라떼를 내민 손길 위로 귤 두 개를 챙겨주는 예쁜 아가씨 선생님.

내가 남에게 주었던 것만 유독 오래 기억하게 되고, 남에게서 받았던 기억은 금세 잊어버려서 그렇지, 가만히 생각해보면 사실 우리가 알게 모르게 주위로부터 받는 게 얼마나 많은지 모릅니다.

오늘은 유난히 작은 감동이 큰 울림이 되어 다가오는 아침입니다. 화요일이라 그럴까요?

화창하게, 화끈하게, 화내지 말고, 화사하게 웃어주며, 화려하지만 소박하고 겸손한 감사의 화요일이 되길 마음 속 깊이 바라봅니다.

땅콩, 네가 인생을 알아?

어렸을 적, 집에서 수확한 땅콩을 직접 볶아 본 적이 있습니다.
그 때 외할머니께선 태우지도 않고 고소하게 참 잘 볶았다고 어린 저를 진심으로 칭찬해주셨던 걸로 기억합니다. 그 뒤로 저는 땅콩을 볶을 때마다 외할머니의 특급칭찬의 내재된 힘이 발휘되면서, 늘 실패 없이 잘 볶는다고 확신하게 되었습니다.
땅콩을 잘 볶으려면 불 조절과, 적절한 타이밍에 저어주는 것이 최대 관건입니다.
살짝 강한 불에서 처음 볶기를 시작할 때는, 자주 젓지 않고 팬의 바닥이 달구어지는 때를 기다려야 합니다.
이따금 한 번씩 저어주고, 중불로 줄인 다음엔 조금 더 빈번하게 저어줍니다.
노르스름하게 볶아지기 시작하면 팬의 열기도 최고조이기 때문에 이때부터는 한눈팔지 않고 일정한 속도와 힘으로 계속 저어주어야 합니다. 마지막 볶기까지 2% 부족한 느낌이 들 즈음, 불을 끄고 팬의 남은 열기가 땅콩을 완벽하게 익혀주도록 잠깐 놓아둔 후 찬바람이 드는 실외에 살짝 내놓습니다. 그러면 후끈하게 익었던 땅콩의 껍질이 찬 기운에 재잘거리듯 바삭바삭 소리를 내며 홀랑홀랑 벗겨지기 쉬운 상태로 식게 됩니다. 단단하고 경쾌하게 식으면서 무르던 땅콩은 더욱 굳건해집니다. 불의 강약조절이 안되면 미련 없이 타버리고, 불의 세기가 잘 맞아도 적절한 때에 젓지 않으면, 그 역시도 타버립니다. 단순한 작업이지만 잠시라도 딴 생

각을 하면 열기도, 타이밍도 모두 놓쳐버리고 마는 것이지요.

따지고 보면, 우리네 인생살이도 복잡할 것 하나 없습니다. 다만, 타이밍을 놓쳐서 쉬운 일에도 상처를 받고 속이 까맣게 타들어가 버립니다. 강약조절이 안되면 쉬이 분을 내게 되고, 내 맘 속의 화를 조절하지 못하면 화는 그대로 상처를 안은 채 굳어져버립니다. 식어서 굳어져버리면 돌이킬 수 없기에, 그러기 전에 온전히 내게 주어진 순간을, 마주한 현실을 충실히 살아내면 되는 것입니다. 그렇게 되면, 언제나 경쾌하고 바삭바삭한 삶의 뒤란에서 인생의 참맛을 온전히 느낄 수 있지 않을까요? 땅콩을 볶으며 무심결에 드는 생각이었지만, 작은 알알이 마다에 인생얘기가 듬뿍 담겨 있는 듯합니다. 선선한 가을 밤! 입동을 며칠 앞둔 오늘, 제가 볶아 낸 땅콩은 여전히 맛있습니다!

종일 커피가 말을 걸어와도, 상큼한 꽃 날씨가 손짓을 해도
이 좋은 날 할 일을 부어 놓고도, 끝내 양보하지 않았다
눈과 귀에서 모든 것 걷어내고, 그대라는 하얀 안개만 남겨 놓았다

인생, 네가 땅콩을 알아?

시간이 없다고, 그냥 대충대충 넘어가보자고, 성의 없이 땅콩을 볶으면 절대 손해지요. 겉만 익는다고 그 맛이 제대로 날 리 없고, 안 먹느니만 못하게 되지요.
(실)제로는 (속)이 안 익고 마는, 그야말로 (실속)없는 허사가 되고 말지요.
어찌어찌 익었다 손치더라도 급히 먹으려다보면, 아뿔사! 육두문자가 나올지도 몰라요. 껍질도 안 까지고, 먹어도 무른 듯 설익은 듯 뭔가 어설픈 느낌에 먹고픈 생각이 달아날 수도 있지요. 잠시 기다림을 주기 위한 땅콩의 속내를 알아차려야 해요. 좀 더 기다리면 먹기 좋게 껍질도 잘 벗어 줄 테고, 단단하고 고소한 깊은 맛을 내어줄 수 있는데, 땅콩은 그런 사실을 다 알면서도 우리에게 말을 해줄 수가 없잖아요? 속(안)이 (타)들어 가겠죠? 그래서 (안타)까운 거예요. 그걸 알아차려야 하는 건 우리들의 몫이죠.

참다보면, 기다리다보면, 우리가 고달프다고 생각되는 그 때를 조금은 가뿐하게 넘길 수 있겠지요. 때가 아니면 기다리는 수밖에요.
성급히 서두르며 왔다고 생각될 땐 잠시 오던 길을 뒤돌아보세요. 분명 놓치고 간 그 무언가가 있을 거예요.

첫눈이 오기 전까지, 부디

봉숭아꽃이 탐스럽게 피는 초여름이면, 이유 없이 맘이 설렙니다. 짓이겨보면 맡아지는 들큰한 듯 시큼한 꽃 향도 그렇고, 주황빛으로 금세 살을 물들이는 것이 예사롭지 않습니다.

옛날에는 화장품이나 매니큐어와 같이 여인네의 몸치장을 도와주는 미용도구가 마땅치 않았습니다. 그래서 봉숭아처럼 붉은 꽃이 때로는 연지곤지가 되고, 때로는 매니큐어가 되었겠지요. 붉은 색은 귀신을 물리친다는 뜻이 있어서 '봉숭아물들이기'는 모든 질병을 예방한다는 민간신앙의 의미도 가지고 있습니다.

그리고 첫눈이 올 때까지 봉숭아물이 손톱에 남아 있으면 첫사랑이 이루어진다는 속설도 있지요. 정말로 첫눈 올 때까지 손톱 끝에 봉숭아물이 남아있으면 첫사랑이 이루어지는 걸까요? 그럴 것 같았으면 사랑을 알아갈 무렵부터 부지런히 물들여 보는 건데 말이죠.

또 하나의 속설로는 봉숭아물을 들이면 마취가 안 된다는 말이 있습니다.

마취를 하게 되면 그 과정에서 손톱에 보랏빛의 반응이 나타나는 걸로 마취의 정도를 알았다고 합니다. 그런데 봉숭아물이 들어있으면 그 신호를 알 수가 없었기에 그런 속설이 생기지 않았나 싶습니다. 그것 때문인지는 모르겠지만 옛날에는 엄지와 검지를 뺀 나머지 세 손가락에만 물을 들였다고 합니다.

아마도 그 옛날에 손톱으로부터 읽혀지는 몸의 이상 징후들을 놓치지 않기 위한 조상들의 지혜가 아니었을까 합니다.

여름이 한참 지나고 그해 봉숭아꽃이 끝물일 때쯤인 10월에 드디어 저도 봉숭아물을 들여 보았습니다. 물들이기를 서너 번 반복해서 조금 진하게 들였지요.

꽃잎과 함께 길쭉한 이파리도 좀 넣고 백반과 소금도 넣어 짓찧어봅니다.

백반은 인(화학기호 P)의 성분이 있어서 색이 탁하지 않고 밝고 윤이 나게 해주는 역할을 하고요, 소금은 손톱에 색이 깊게 들게 해주는 역할을 합니다.

어느 정도 물기가 있게 짓찧어진 봉숭아꽃을 손톱위에 가지런히 올려놓습니다.

어렸을 때는 비닐봉지를 길게 잘라서 손톱을 쳐 맸던 기억이 있습니다만, 요즘은 1회용 비닐장갑이 있어서 손가락 모양으로 잘라 그대로 사용을 하면 뒤처리가 참 수월합니다. 손가락에 끼우듯이 비닐장갑 자른 부분을 덮어주고 실로 묶으면 끝입니다. 그렇게 손가락을 싸매고 살살 달래며 하룻밤을 재우게 되는데, 어지간해선 얌전히 아침까지 그 모양새 그대로 버티기가 쉽지 않습니다.

어느 틈엔가 비닐로 꽁꽁 싸매둔 봉숭아가 뒤틀리기도 해서, 손톱이 아닌 애먼 살을 물들여 놓기도 하지요. 제법 빨갛게 물이 든 제 손톱을 보고 있자니, 한번 들은 붉은 물이 손톱에서 쉽게 빠져나갈 것 같지가 않더라고요.

사랑이 이루어진다면, 아마도 꼭 붙들고 안 놓아줄 것처럼 붉은 물이 들었습니다.
시간이 지나고 손톱이 자라나오면서 조금씩 조금씩 물이 빠지는 것도 신기합니다.
그렇게 절대 빠질 것 같지 않던 붉은 물이 어느덧 제 손톱에서 다 빠져나갔습니다.
4개월이 조금 넘는 시간이었네요.
허전한 무엇인가가 서서히 빠져나가는 아쉬움이 적지 않게 남는군요.
올해에는 봉숭아꽃이 첫물일 때 백반과 소금을 듬뿍 넣고 다시 또 들여 봐야겠습니다.
제 마음에서, 허전한 그 무엇이 자꾸자꾸 빠져나갈 틈이 없도록 넉 달이 지나고 나면 다시 또 붉게 물을 들여 봐야겠습니다.
겨울 첫눈이 가 닿을 때까지 말이지요……

사랑에 대한 사색

뜨겁게 사랑해 보신 적 있나요?
가슴이 아리고 먹먹해지는 느낌!
생각만으로도 눈물이 나고
맘이 동동거리고 애태우는
첫사랑의 신선함과 같은

내 꿈을 위해
내가 가진 무한한 능력과
내 한계를 벗어나야 비로소 맛볼 수 있는
내 꿈을 이루기 위해, 나는 얼마나 눈물을 흘렸을까요?
나는 얼마나 많은 사람을 도왔을까요?
나는 또 몇 날을 고민하며
다른 사람의 꿈이 되기 위해 달려왔을까요?
한 번 뿐인 내 인생을 잘 살아내기 위해
나는 얼마만큼 깊이 있는 몸부림을 쳐왔을까요?

잘 살아야 한다고, 잘 살고 싶다고
다른 이의 꿈이 되고 싶다고
이제껏 절실히 고민하고 있었나요?
내 가슴이 아리고 아파오도록 절실한 고민을 하고 있었나요?

다시 한 번 뜨겁게 사랑하고 싶은가요?
내려놓아야 많은 것을 잡을 수 있어요
비워내야 많은 것을 담아낼 수 있어요
나를 내려놓으세요
나를 비워두세요

그것이 이제부터 해야 할 일입니다
많은 것을 품고 담을 때까지
한없이 내려놓고 비울 것입니다

그래야만
그래야만
다시 뜨겁게 사랑할 수 있으니까요!

난 평생 너를 기다릴 수 있어

"그 산사나무 보러 가지 않을래?"
"지금은 꽃도 안 폈고, 너무 멀잖아. 다음에 가자."
"다음엔 기회가 없을지도 몰라."

산사나무 아래.
이 소설의 실제 주인공인 '징치우'의 회고록을 바탕으로 '아이미'라는 중국계 미국인 작가에 의해 2007년 중국에서 출간된 책입니다. 남녀 주인공인 쑨젠신과 징치우의 순애보적인 애틋한 사랑이, 1970년대 중국의 문화대혁명이라는 대 격변기의 혼란한 시기를 배경으로 펼쳐집니다. 두 사람의 감정의 정점을 이루는 산사나무가 또 하나의 상징적인 사랑으로 묘사돼, 애절함과 안타까움이 오래도록 가슴에 남는 소설입니다.
460여 페이지의 책이 주는 중압감으로 쉽게 손에 들지 못했었는데, 에세이 위주로 부담스럽지 않게 읽던 중에 오랜만에 스토리에 푹 빠져서 읽게 되었습니다.
2010년, 중국의 장이머우 감독에 의해 영화로 만들어져, 부산국제영화제 개막작으로 상영되기도 했습니다. 그리하여, 책을 덮는 순간 유튜브를 뒤져, 2시간이 조금 안 되는 영화도 한글자막 없이 다 봤습니다.
영화 주제가도 너무 애절하니 좋고, 산사나무의 중국어 발음도 참 듣기가 좋았습니다. 시절이 좋지 않으니 딸이 고등학교를 졸업할 때까지 기다리라는 징치우 엄마의 말에, 그리고 스물다섯 살이 될 때까지 연애를 할 수 없다는 징치우의 말에 쑨젠신은 참을 수 없는 사랑의 감정을 일기장의 속표지에 이렇게 써 놓았습니다.

"난 1년 1개월 동안 너를 기다릴 수 없어.
네가 스물다섯 살이 될 때까지도 기다릴 수 없어.
하지만 난 평생 너를 기다릴 수 있어."

이 말을 징치우에게 직접 해줄 수는 없었지만, 그리고 평생을 기다릴 수 있다던 그 약속을 끝내 지키지는 못했지만, 지금도 그 산사나무 아래에 서면 두 사람이 다정히 어깨를 기대고 붉디붉은 산사나무 꽃을 바라보고 있을 것만 같습니다.

쑨젠신은 자신이 징치우를 평생 사랑해 줄 수 없다는 것을 알았습니다. 그녀를 혼자 남겨 두고 어쩌면 먼 여행을 떠날 수도 있다는 것을 예감했던 거지요.

"그 산사나무 보러 가지 않을래?"

쑨젠신이 평생 자신을 지켜줄 거라고, 그렇기에 그를 평생 사랑할 수 있을 거라고 믿는 징치우는 그저 그와 함께 있는 지금이 너무 행복합니다.

"지금은 꽃도 안 폈고, 너무 멀잖아. 다음에 가자."

"다음엔 기회가 없을지도 몰라."

회한의 가슴에 품은 낙선재

그곳에선 님의 향내가 납니다.
아, 그곳에 가면 자유로이 부유하는
어여쁜 나비 한 쌍을 만날 것만 같습니다.

솔향기 배어나는 한적한 나무 그늘아래
아지랑이 피어나는 봄의 시간이 오면
봄비 머금은 흙냄새와 달디 단 풀냄새는
제멋대로 동심을 나뒹굴게 하고
세월 속에 고된 이야기 가득품은
아름드리 향나무는
나의 가슴속에 님을 떠올리게 합니다.

모진 시간은 당신을 비껴가지 못하고
회한의 모퉁이를 돌고 돌아
죽어서도 못 잊을 아름다운 이 곳
솔 향 가득한 이곳에서 당신을
기다립니다.

그래서 더더욱
님의 향내가 사뭇 그리워지는
이곳 낙선재가

나는 참말 좋습니다.

작년 여름이었습니다. 며칠 전부터서 창덕궁이 너무 가고 싶어서, 아니 사실은 낙선재가 사무치게 보고 싶어서 아이들과 동행한 초행길이었습니다.
마음에 품은 낙선재는 얼마간 제 컴퓨터의 배경화면을 채우며 맘 한 칸에 크게 자리하고 있었습니다.
창덕궁은 조선시대 궁궐 중에서 유일하게 인위적인 구조를 따르지 않고 주변 조형과 조화를 이루도록 자연스럽게 건축한 가장 한국적인 궁궐입니다.
그 중에서도 낙선재는 단청을 칠하지 않아 너무나도 소박하고 너무나도 간결해서, 오히려 귀족적인 느낌으로 저에게 다가왔습니다.
그 즈음 저의 동경의 대상이었던 낙선재!
1989년 이방자 여사와 덕혜옹주가 마지막으로 생을 마감한 곳이라는 지극히 단편적인 지식만을 갖고 있었습니다.
지극히 소박한 그곳이야말로 덕혜옹주가 그토록 갈망해마지 않던 고향땅이었습니다. 그래서 그런지 낙선재라는 말만 들어도 이제는 가슴이 아리고, 감성보다도 눈시울이 먼저 반응합니다. 덕혜옹주를 읽으면서 보낸 지난 3일 동안 그녀와 교감했던 시간들은, 때론 자랑스러움으로 때론 안타까움으로 또 때로는 벅찬 아림으로 채워졌습니다.

이 책을 읽는 동안 저는 세 번 울었습니다.

연정과 조국의 독립이라는 두 개의 절제된 감정이 저울질하면서도 끝까지 그림자처럼 옹주의 탈출을 시도했던 박무영의 올곧은 삶과, 옹주를 향한 결코 놓을 수 없었던 그 무엇과 맞닥뜨리면서 한 번!
신분의 격차를 감내하고서도 조선의 황녀를 아내로 맞아 그녀와 끝없이 소통하고자 했던 성정고운 소 다케유키의 따뜻한 배려 앞에서 또 한 번!
그리고 늘 덕혜의 분신처럼 측근에서 그녀를 모셨던 복순이가, 임신한 옹주에게 따뜻한 목욕물과 차를 준비해주며 살뜰하게 살피는 그 정성스러움을 만나면서 또 한 번 울었습니다.
박무영과 소 다케유키, 그리고 허복순!
제각기 이들은 덕혜를, 연인이지만 또 하나의 조국으로, 부담스러웠지만 그 마음속의 아픔까지도 쓸어 내주고 싶어 했던 아내로, 그리고 자신의 목숨과 맞바꾸면서까지 지키고 싶어 했던 소중한 여인으로 마음에 아로새겼습니다.
방법이 다르고 표현이 달랐지만 그녀를 향한 그들의 마음 씀씀이는 묘하게 유기적으로 많이 닮아있다는 느낌이 듭니다.

책읽기를 막 끝냈을 때는 사실 가슴이 저리고 콧등이 시큰했지만, 이제는 기쁩니다.
언제까지나 일본이 아닌 조선에 남아있는 덕혜가 있어 기쁘고, 미안한 마음대신 가슴에 곱게 품을 수 있는 아름다운 여인 덕혜가 있어 더 없이 행복합니다.
조금만 미안해하고 더 없이 사랑해주면 될 것을……

좀 더 나은 현 시대를 살아가고 있는 우리들이 이제라도 뜨겁게 안아주면 될 것을…… 어떤 식으로든 아픈 상처는 도려내야만 새살이 돋아날 수 있을 테니까요! 아지랑이 피어나는 따스한 봄이 오면 아이들을 데리고 꼭 낙선재에 다시 가보려 합니다.

저는 똑똑히 기억하고 있습니다. 작년에 보았던 낙선재와 희정당 앞의 너른 뜨락과 소나무들을 말이지요. 눈부시도록 멋스런 낙선재의 소박한 서까래와 창살, 벽체의 무늬들을 말이에요. 그리고 오르막을 따라 거닐다보면 오아시스처럼 눈앞에 펼쳐지는 네모진 연못, 부용정과 애련지! 그곳에 다시금 가게 되면, 어린 날 궁궐 여기저기를 마구 거닐었을 '아지'와 자유롭게 부유하는 동심을 만날 수 있을 것 같습니다. 또 내 나라를 끝까지 지켜내지 못해 못내 죄스러워 하던 고종의 그 선한 시선이 머무는 어디쯤과, 그토록 자유를 갈망했지만 조국에 돌아와서도 진정으로 자유롭지 못하고 외롭게 생을 마감한 우리들의 잊혀진 기억, 덕혜를 다시 마주할 수 있을 것 같습니다.

바람 끝에 머무는 낙엽처럼 기분이 가뿐하다고.

바스락거리는 경쾌함이 나를 위로해준다고.

말간 하늘이 처음부터 나를 응원하고 있었다고.

그러니 늘 힘내자고 말이지요.

Part 4

버스를 놓쳐버린 발 동동 저녁

신호등에서

다가온다
네가 온다
내게로 슬며시……

초록의 길이어야만
너는 내게로 올 수 있지
우리의 어긋난 마주침은
빨간 길 위에서
좌표를 잃은 점처럼
어긋나 스쳐가기만을
하염없이 반복 한다

경적 속에 묻히고 마는
너의 손짓은
내 가슴에 또렷한 사랑 하나를
꾹 찍고 슬며시 지나쳐간다

내 사랑이다, 너는

저에게 풀과 꽃과 나무의 이름을 기억한다는 것은,
세월의 흐름 속에서 진정한 나를 찾아내는 보물찾기와도 같습니다

미국자리공과 수크령

길가의 낮고 작은 꽃들을 그냥 지나치지 못하는 버릇이 있습니다. 찔레 향기에 정신이 아득해지기도 했고, 남들은 흘려보내는 풀과 나무의 이름들을 기억했습니다. 그리고 그들이 제게 내뿜는 원초적인 에너지로 쉼 없이 호흡하며 감성을 저장하는 법을 익혔습니다. 그렇게 터득하고 익혀온 감수성 덕분에 작은 것을 오래도록 간직할 줄 아는 나름의 여유가 생겼지요.

어른이 되고 나서도 식물의 이름을 꼭 기억하려고 애씁니다.

어려서부터 따 먹고 자랐던 동글동글 새까만 열매가 '까마중' 이라는 소박한 이름을 갖고 있다는 것을 알게 된 것은 어른이 되고도 여러 해가 지난 후였습니다.

외할아버지 산소에 성묘하러 나선 길에 발길에 무수히 채이던 그 길고도 억센 들풀이 '수크령' 이라는 이국적인 이름을 갖고 있는 것도 어른이 되고 나서야 알게 되었지요.

그뿐인가요? 소싯적 논가에서 무수히 보았던, 물론 그 시절엔 그저 들풀에 지나지 않았던 그 풀이 감추고 있던 이름, '방동사니' 도 아이들의 여름방학 숙제로 식물채집을 하다가 우연히 알게 되었습니다.

논가에 흐드러지게 피어 있던 하얀 눈꽃송이 같은 '고마리'

가는 줄기를 꺾으면 나오는 투명한 수액을 손톱에 묻혀 반짝반짝 윤기를 입혀주었던 '여우싸리'

자줏빛 매니큐어를 바른 듯, 소박하게 멋을 부리게 해 준, 포도송

이 같던 그 까만 열매, '미국자리공'
어린 시절부터 보고 자란 그 풀들의 이름을 식물도감에서 조우하게 될 때는, 잃어버린 퍼즐조각이 맞춰지는 기쁨이 있었습니다.

어쩌자고 풀과 나무들은 저마다 소박하고 이국적인 이름들을 갖고 있는 것일까요?
열매를 맺는 모든 것들에게서 꽃이 핀다는 사실은, 자연의 순리를 거부할 수 없는 날카로운 진실을 포함하고 있습니다.
그리고 그 자연이 선택한 종족보존의 필사적인 방법!
꽃의 향기로 유혹하든 색깔로 유혹하든 어떻게든 눈에 띄고 선택되어서 끝까지 살아남아야 한다는 혹독하고도 아름다운 진실입니다.

저에게 풀과 꽃과 나무의 이름을 기억한다는 것은,
세월의 흐름 속에서 진정한 나를 찾아내는 보물찾기와도 같습니다.

반복되는 일상을 견디며, 삶의 자리에서 제 몫을 해내며, 그래도 한 줌, 나를 발견하게 해주는 보석 같은 쉼입니다.
곧 있으면 달달한 풀냄새에 섞여 4월의 미풍에도 긴 목을 쭉 빼고 한들거리는 개망초가 가득 피어나겠지요. 그때가 되면 저는 또 어김없이 바쁜 일상 속에서도 기꺼이 짬을 내어 보물찾기하러 나서 볼 생각입니다.
한 줌의 보석을 찾는 아름다운 봄날의 외출을 꿈꿔보는 건 어떨까요?

거실에 앉아 마른 빨래를 개키는 날의 햇살은, 집안에서보다 집 밖에서가 더 달큼하니까요!

우리의 일상도 결국은 쉼입니다.

나를 위한 봄날의 시간을 왜 만들지 않나요?

오후의 티타임

전 세계적으로 보면, 차 마시는 일은 일상의 삶과 떼려야 뗄 수 없는 문화코드임에 틀림없습니다. 단순히 차를 마시는 것 외에, 긴장감을 내려놓고 하루의 시간 속에서, 조금은 덜 중요한 사색을 잠시 붙잡을 수 있는 여유입니다. 한 박자 느리게 가는 쉼이지요.

'그렇지, 내 영혼이 따라올 수 있도록 잠시 기다리기도 해야지!'

이전까지 내내 정신없이 바빴다거나, 눈 코 뜰 새가 없었다거나, 머리가 지끈거린다면, 지금이 바로 차를 한 잔 마실 타이밍입니다.

자, 그렇다면 여러분!

저는 이렇게 외치고 싶어요.

"끓여라, 부어라, 마셔라!"

멍을 때리다?

우리의 일상은 참 복잡하고 정신없을지라도 잠시 눈을 돌려도 좋을 어느 한 순간이 딱 다가올 때가 있습니다.
말은 이렇게 했지만 쉽게 얘기하자면, 멍 때릴 때가 있다는 얘기지요. 그럴 때는 그냥 이것저것 생각 하지 않고, 많은 걸 내려놓고 단순하게 내버려두는 홀가분함도 누릴 수 있게 되지요.
거듭 말하지만 쉽게 얘기하자면, 계속 멍 때리게 될 수 있다는 얘기예요. 나의 마음 상태가 이렇게 멍해지면서 무아지경에 이르게 되면, 무심하게 바깥 소리에도 귀를 기울여봅니다. 때마침 비가 내리고 있다면 더 좋겠네요.
가만히 빗소리를 들으며, 보일러 온도를 잠시 올려도 보고, 작년에 여둬둔 꽃씨를 불현듯 꺼내어 흙에 심어도 보고, 꽃 옆에서 웃고 찍었던 오래 전 사진도 들춰보면서 내 의지가 하자는 대로 자신을 내버려 둡니다.
'드라세나 마지나타' 와 같이 식물도감에서나 봤을법한 어려운 식물 이름도 하나쯤 외워보세요.
일상의 긴장감을 잠시 무장해제하고, 멍 때리기가 필요할 때는 평상시에는 생각지도 않았던 생뚱맞은 일들을 해보면 참 재미있습니다. 그러고 나면 내 영혼에게도 쉴 수 있는 짬을 줄 수 있게 됩니다.
머릿속 생각이 잠시 쉬어가게 10분만 멍 때리기 해봅시다.
절대 소모적인 시간 낭비가 아님을 깨닫게 될 것입니다.

주의 : 입을 벌린 채, 그것도 10분씩이나 멍을 때리면, 자칫 상대방으로부터 경계의 시선을 받을 수도 있습니다. 그러나 이때 중요한 것은, 무시해야 한다는 것입니다.

어서 오세요, 씨앗 은행입니다

마당을 그리워하며, 마당에서 종일토록 실컷 흙 놀이 할 그때를 동경하며, 베란다에서 흙 놀이를 일삼는 여자입니다. 화분이 많아서 그것들을 일일이 단도리 하는 것이 버겁다고 말하면서도, 틈만 나면 빈 화분에다 뭔가를 심고, 분갈이를 즐기는 여자입니다.
지인의 집으로 출장 분갈이도 서슴지 않고 갑니다. 뭐 그러고 논다고 누가 잔소리는 안하지만, 이젠 기르는 화초의 가짓수를 좀 줄여보자고 그렇게 독하게 맘먹는데도 그게 잘 안되네요.
봄은 봄대로, 여름은 또 여름대로 좋지요. 찬바람 부는 가을은 또 어떻고요? 초록이 야무지게 물들어 가는 게 예쁘고, 겨울이면 화초가 얼까봐 거실 한 공간을 다 차지해도 넉넉하게 그들에게 자리를 양보해줍니다. 내년엔 좀 잘 참아봐야 할 텐데 말이지요.
다년간 마음이 먼저 익힌 습관인데 뭐 자제가 되겠어요? 봄바람 살랑거리면 또 수선화 심겠다고 못 참고 화훼시장을 불나게 갈 텐데요.
어느 바람결에 나뒹굴다 싹을 틔운 단풍 묘목까지도 데려다 키우는데 할 말 다했지요. 뭐가 대수인가요? 그저 맘이 시키면 시키는 대로 하면 될 일이지요!

언젠가 마당을 갖게 되면 손수 씨를 뿌리고 정원을 가꿀 요량으로 실한 씨앗을 여투고 있어요. 차곡차곡 씨앗이 보태질 때마다 그냥 부자가 된 느낌으로 맘이 넉넉해지네요.

아파트 베란다에선 아무래도 화초를 제대로 가꾸기가 어렵다는 걸 몇 번의 경험으로 체득한 후로는 어지간한 것은 그냥 이렇게 씨앗으로 모으기만 한다지요.
역시 자연의 바람과 자연의 빛을 이겨낼 도리가 없어요. 바람과 빛은 세상에 다시없을 최고의 정원사임에 틀림없어요. 예쁜 마당에 꽃가지를 가꾸고 푸성귀를 키우면서 지인들을 기꺼이 불러다가 나누고 싶네요. 그때가 되면, 언제든 함께할 수 있는 예쁜 날들이 오겠지요?
씨앗은 아무 때라도 나눌 준비가 돼 있어요. 필요하신 분은 언제든 손들어 주세요.
여퉈둔 씨앗들의 가짓수가 제법 많답니다.

자꾸 비우기를 소망한다

누군가에게 위로가 되고 쉼이 되고, 비타민처럼 활력을 주는 사람이라면, 세상의 모든 것을 가져도 좋을 만큼 큰 사람, 큰 그릇이 아닐까요?
많은 것을 갖기 위함이 아니라, 많은 것을 담아내기 위해 쉼 없이 비워내는 큰 그릇 말입니다. 내가 남에게 먼저 기대하고 바라는 어리석음이 없도록, 내 것을 내려놓고 더 배려하고 베풀기를 즐겨할 수 있는 아량과 지혜가 자라나길 오늘도 기도하고 소망합니다.
비워내고, 다시 담아내고……
내려놓고, 다시 베풀고……
내가 가진 역량 안에서, 내가 가진 능력 안에서……
가식 없이 기꺼이 나눌 수 있기를, 그리고 내 것을 아까워하지 않기를, 내일도 변함없이 기도하고 소망할 것입니다.

행복은 어느 때 찾아오는가?

나무 사이로 하늘을 올려다 볼 때
따뜻한 방바닥에 엎드려 새로 사 온 책을 읽을 때
새 책들을 서가에 정리할 때
여행 지도를 들여다 볼 때(아, 여행지도 사고 싶다!)
보고 싶은 TV프로그램 본방 직전의 광고를 할 때
사각사각 얼음 넣은 아이스커피 한 모금을 마실 때
에이스에 달달한 믹스커피를 찍어 먹을 때
택시 미터기의 요금이 100원 더 올라가기 바로 직전에 목적지에
도착했을 때
후텁지근한 여름 저녁에 갑자기 쏟아지는 빗소리를 들을 때
화분에 스프레이를 해줄 때
꽃 사진이 제법 탐스럽게 나왔을 때
인터넷 쇼핑으로 구입한 물건이 오기를 기다릴 때
하얀 안개 속 세상에 혼자 내버려진 듯,
비현실적인 자작나무 숲을 혼자 찾았을 때
행선지가 있는 탈 것에 몸을 실었을 때
새로 산 예쁜 귀걸이를 하고 친구를 만나러 나갈 때
밥 준비를 다 마치고 식구들을 기다리며 혼자 멍 때리고 있을 때
설거지한 그릇들의 물기가 다 말라있을 때
바짝 마른 빨래를 개킬 때
마당에 심을 꽃과 나무의 종류를 헤아리며 상상해 볼 때

눈여겨 봐두었던 예쁜 꽃의 꽃씨를 받을 때
탱글탱글한 체리 한 바구니를 아주 싸게 샀을 때
그리고…… 행복한 때가 언제인지를 헤아려보는 지금 이 때!

화끈하게, 쿨하게

어린 아이의 천진함을 간직하면서도 품위도 놓치지 않는 어른으로 살아가기.
뭔가를 시작하려다가도 나이 때문에 망설여지면 '아니, 늦으면 얼마나 늦었다고!' 하면서 당차게 앞으로 나아가기. 일흔 살 혹은 여든 살이 돼서도 후드티 입고 공원 산책하기.
지인들을 식사에 초대해 놓고 '내가 좋아하는 걸로만 차려 봤어' 라며 뻔뻔스럽게 들이대기.
이런 화끈한 어른이 되는 꿈을 꿔 본다.

– 『아무것도 하지 않을 권리』 정희재

나이가 들수록 책임감도 커지고, 때론 '지금 내가 하는 일이 부끄럽고 철없는 것처럼 남들에게 비춰지진 않을까?' 하는 노파심에 하고자했던 일도 그르치고 접어뒀던 적은 없었는지 곰곰이 생각에 잠겨봅니다.
남들 앞에서 좀 더 당당해질 수 있는 그 마음, 그 모습은 충분히 존중돼야겠지요.
용기가 부족한 게 아닐 거예요. 나를 방해하는 건, 오직 내 안의 의지일 뿐!
내가 하고 싶은 것을 해보는 습관은 필요한 것 같아요.
나만을 위한 현명한 소비도 필요하고, 내 영혼이 적체되지 않도록 끊임없이 나를 다독이고 흔들어 깨우는 훈련도 필요하지요.

내가 행복해질 수 있는 권리를 찾아볼까요?

생각으로만 가둬두지 말고, 화끈한 어른이 되는 꿈을 꾸어봅시다.

좀 쿨한 어른이 되어보고 싶네요.

겨울이 낯설구나, 그대

언제부턴가 비 오는 가을날이 참 예쁘다고 느낍니다.
한차례 비가 내리고 나면, 붉은 나뭇잎을 한 움큼씩 떨궈 내어 마주하는 가을 풍경도 정겹습니다. 오고가는 사람들의 걸음걸이가 부산스러워지고, 달리는 자동차 바퀴의 축축한 소음이 만들어내는 스산함까지도 그저 살가울 뿐입니다.
우산을 받치고 걷는 발걸음도 좋고, 쌀쌀한 가을날 옷매무새를 단속하며 나서는 외출 길도 설렙니다.

삶이 늘 기쁘고 좋은 일만 있으면 더할 나위 없이 좋겠지만, 때로는 조금 버거운 삶의 무게로 나를 돌아볼 수 있는 계기를 만들어 주니, 그 버거움마저도 내가 감내해야 하는 나의 일상입니다.

계절은 벌써 초겨울로 접어듭니다. 다음 계절에 때를 양보해야 하는 가을의 끝자락이라고 어떻게든 우겨보지만, 미처 가을을 보낼 마음의 준비도 안됐는데, 이미 눈발은 굵어지고 있네요. 보내기 싫은 가을을 저편에 묻어 놓고 끝끝내 끝끝내 말없이 겨울을 허락하고 맙니다. 아직은 겨울이 낯선가봅니다.

한 해의 끄트머리 즈음에서 한 걸음 앞서 가 있는 제 자신을 상상하면서 기분 좋은 상념에 젖어봅니다.

바람 끝에 머무는 낙엽처럼 기분이 가뿐하다고.

바스락거리는 경쾌함이 나를 위로해준다고.

말간 하늘이 처음부터 나를 응원하고 있었다고.

그러니 늘 힘내자고 말이지요.

어느 새 겨울이 제 발치까지 따라왔네요.

감또개에게 왜냐고 묻진 않았다

뭔가가 맞지 않아, 스스로 생장을 포기하고 떨어져버린 감또개.
안타깝다는 마음 뒤로, 이런 아이들이 있어서 나무에 달린 남은 감들이 더 굵고 맛난 열매로 자랄 수 있는 게 아닌가 하는 생각이 듭니다.
남은 동료들의 알찬 결실을 알기에 결코 힘없이 떨어지고 만 것이 아니리라.
그저 가볍게 생장을 포기하진 않았으리라.
노오란 감꽃을 매단지 한 달도 채 지나지 않았을 텐데……
이 녀석의 눈부신 생애는 딱 그때 뿐 이었겠지만, 제 몫을 다한 것에 또 미련 없을 지금의 모습도 그저 아름답기만 합니다.
스스로 낙오되지 않으려고 몸부림을 치면, 결실은 많을 테지만 실하게 익어가진 못할 테지요.
감또개야, 너는 왜 채 크지도 못하고 허무하게 떨어져버렸니?
차마 묻진 않았습니다.
세상의 이치는 식물이건 동물이건 사람이건 예외가 없습니다.

비에 젖은 봄이 야속하다고 재깐치서 그대가 외로워할 때

내가 선 자리에선 아프다는 걸 그대의 시간은 이시려니

깊은 밤, 애달픈 어긋남

나 좀 내버려 둬!

아파트 단지 공동 출입구 바로 옆에 크디큰 살구나무 한 그루가 있습니다.
봄이 되면 꽃이 잎보다도 먼저 피어서 처음엔 벚나무인 줄로만 알았습니다.
언뜻 보면 벚꽃과 살구꽃의 경계가 모호해서, 본격적으로 잎이 나고 열매가 맺히기 전까지도 몰랐던 것입니다.
매일 출퇴근 하며 풋살구가 노르스름하게 익어가는 과정을 들여다보는 것이 제겐 큰 재미였는데, 주황빛으로 익어갈 만하더니, 어느 순간 과실이 몽땅 없어져 버린 것입니다. 아마도 익기 시작하면 지나가는 사람들이 하나 둘 따갈까 싶어, 관리사무소나 부녀회에서 미리 손을 쓴 것일 수도 있습니다.
자세한 정황은 모르겠으나, 아무튼!
살구는 제대로 말랑해질 때까지 충분히 익어줘야 단맛도 나고 씨도 쏙 빠지는데, 어째서 멀쩡한 살구가 미처 익을 틈을 주지 않는단 말입니까?
시골의 담장 밖으로 뻗어 나온 가지도 아니고, 오며가며 손 닿아봤댔자 얼마나 따낸다고 매몰차게 채 익기도 전에 냉큼 수확해 가버렸는지 모르겠습니다.
키가 작은 나무도 아니었는데 얼마나 힘겹게 따냈는지 나무 주변으로 푸르디푸른 잎들이 나뒹굴어 있었습니다. 무엇보다도 나무가 된 통 당한 흔적이 역력했습니다.

이럴 땐 도심의 야박한 인심이 못내 아쉽습니다. 시골의 정서가 도시에선 무의미해지고 사라져가는 것만 같아서 씁쓸하기도 했습니다.
높다랗게 매달린 여린 주황빛의 열매 한 알은 까치밥이라고 남긴 걸까요?
'어머, 한 알 남기고 다 따내느라고 얼마나 고생들을 하셨을지……'
개그 코너의 유행어마냥
'의미 없다……'

자고 싶으나 잠을 거부하고
꿈을 꾸고 싶으나 잠을 거부하고
잠들지도 꿈꾸지도 못하는
한밤!

업둥이

"남이 쓰던 가구는 함부로 들이는 거 아니야!"
저는 이 말에 그리 연연해하지 않습니다.
사람은 누구나 자기만의 가치관과 신념이 있지만, 남의 생각이나 남의 이목에 너무 신경을 쓰다보면, 무엇하나 스스로 결정하기가 힘들어질 때가 있습니다.
저는 그저 제 마음에 흡족하고 저에게 필요하다고 생각되면, 남이 쓰던 물건이라 할지라도 그 소용에 맞게 취해서 아껴가며 잘 사용하는 편입니다.
이삿날을 잡을 때도 손 없는 날인지 아닌지는 저에게 그다지 중요한 문제가 아닙니다. 있으면 편하긴 한데 괜스레 자세 나빠진다고 몇 해 전에 소파를 내다버렸습니다.
오래 사용해서 앉은 자리가 좀 꺼지기도 했고, 거실에서 자리도 많이 차지하던 것이 어느 날부터 마음에 거슬리기도 했기 때문입니다. 소파를 새로 들이지 않고서도 얼마간 그렇게 잘 지내다가, 없으니 아쉬운 맘도 살짝 들었던 차에 누군가가 이사를 가면서 내놓은 3인용 소파가 저의 레이더에 포착되었던 것입니다.
관리실 아저씨의 도움을 받아 낑낑대며 업둥이를 들이던 날, 깨끗이 닦아 쿠션을 놓고 자리를 잡아주니 요 녀석, 원래 제 자리였던 것 마냥 자연스럽게 잘 어울립니다.
'많이 아껴 줄 테니 한동안 또 잘 지내보자꾸나!'
'가만있자, 오늘은 손 있는 날인가? 손 없는 날인가?'
업둥이가 새 식구가 된 날이니, 손은커녕 이득이 가득한 날이네요!

HERB GARDEN
HERB GARDEN

멀어질 듯 다가오는 한밤의 끝은 새벽이 아니겠지요
내가 아직 두드리지 않은 내일의 시간들은
이 밤, 나를 위해 가지런히 고개 숙여 기다려주네요

누가 나에게 마당을 좀

꽃이 아름다운 것은 말할 것도 없이
그 꽃이 제 목숨을 바쳐 그것을 피워냈기 때문이다

미물도 마찬가지고 새들도 마찬가지고
짐승들도 마찬가지다

우리가 소중하게 여겨야 할 것들은
꽃을 피우기 위해 최선을 다하는 과정이지,
꽃이라는 결과물이 아니다

–『산다는 것은』 박범신

내 손으로 물주고 흙을 파서 옮겨 심고, 햇빛이 많이 난 쪽으로 떠밀어주고 손수 쓰다듬고 가꾼 내 초록이들!
시루화분에서 몇 년째 피고 지는 미니 베고니아.
이제 겨우 자리 잡고 크는 오색 마삭줄.
물 좋아하는 녀석인 줄 모르고 제때에 물을 못줘서 한동안 마른 잎을 수없이 떨구어 냈던 황금 마삭줄.
옹기에 물만 채워주면 알아서 크는 이국적인 사이프러스.
양재동 화훼시장에서 내 키보다 더 큰 묘목을 낑낑대고 가져와 심은 동백.
수년째 가지치기로 개체수를 늘려가며 키우고 있는 고무나무.

그리고 씨앗으로 발아해서 4년차 묘목으로 고속 성장 중인 무궁화까지……

베란다를 들락거리며 마른 잎을 떼 주고, 부족한 흙 채워주고, 햇볕을 골고루 쪼이라고 방향을 바꿔주기도 하는 등, 말 못하는 식물이기에 알아서 해줘야 할 게 한두 가지가 아닙니다. 그래도 아직 심어 가꾸고 싶은 것들이 여전히 많습니다.

잎을 짓이겼을 때 달큼한 풋 복숭아 냄새가 나는 남천.

값이 너무 비싸서 키울 엄두를 못내는 올리브나무와, 키우기는 까다롭지만 연초록 무성한 잎들이 맘을 설레게 하는 율마.

그리고 씨앗만 사놓고 아직 심지 못한 독일가문비나무!

심어 가꾸고 싶은 것들이 많기도 많아, 아무래도 집보다도 마당을 먼저 사야할까 봅니다.

집 말고 널찍한 마당만 분양하실 분, 제게 기별 좀 주세요!

잘 지내고 있나요?

매일의 시간 속에 한밤의 고요가 내려앉은 지금
오늘 하루는 어떤 일들이 있었나요?
생각의 틈은 있었나요?

멀어질 듯 다가오는 한밤의 끝은 새벽이 아니겠지요
내가 아직 두드리지 않은 내일의 시간들은
이 밤, 나를 위해 가지런히 고개 숙여 기다려주네요

돌아온 시간의 깊은 꿈에서 이제 그만 깨어 나옵시다
미련으로 붙잡아 두기엔 내일에게 면목이 없는 걸요
오늘의 시간을 '참 잘 했어요.' 로 마감할 순간입니다

한낮의 시간들을 속절없이 보내다가도
그래도 나는 또 내일에게 인사합니다
오늘, 어제와는 다르게 잘 해냈다고
그날이 그날 같은 오늘이었어도
생각들이 살아서 움직였던 오늘이었다고 말이지요

내일을 불러봅니다
그대, 또 다시 새롭게 열리는 오늘인 당신!
이제는 가슴을 좀 더 크게 열어

긴 호흡으로 당신을 맞이하자고 약속합니다

당신은 희망과 절친 이지요
시간을 거스르고 당신을 절대 먼저 만날 수는 없어요
그래서 희망 친구를 불러다가
큰 가슴과 긴 호흡으로 당신을 마중하러
함께 나섭니다

"안녕하세요, 내일씨!"

약속한 그 놈

그대와 만나자 약속해 놓고
하염없이 시계를 들여다봅니다
더디 가는 시간을 재촉하기가
매화 피기를 기다리는
겨울날 같습니다

그대와 마주한 지금
속절없이 내달리는 시간을
애써 외면합니다

어쩌자고 시간은 쏜살처럼 흐르는지요
놓쳐버린 고속 전철처럼
되돌릴 수도 없습니다

토스카나의 산 갈가노 성당

삿포로의 카이일릭

북인도의 판공초 호수

그 어디라도 발길이 가닿을 수 있는 길

하지만

한 길, 당신에게 가는 길은

아직 배우지 못했습니다

물은 마르지 않았는지, 새 잎은 나오고 있는지,
꽃은 피려는지, 열매는 맺히려는지,
붉게 익어 가고 있는지를……
너를 보는 양, 매일매일 눈길, 손길 주고 있었단다

Part 5

침묵이 재잘거리는 오래된 새벽녘

선물이라는 건

밤새 어떤 것을 줄까 고민하는 것
줄 것을 정한 뒤엔 예쁘게 포장하는 것
포장한 뒤엔 어떻게 잘 전해줄까
또 한 번 고민하는 것
고민이 끝나면 나의 마음을 적고
잘 써주기를 바라는 마음을 가져보는 것
진심이 잘 전해졌으면 하는 것

남몰래 밤새 고민해서
뽀얀 종이로 포장하고
너에게 전하려고 싸매 둔
나의 마음이 보이니?
들키고 싶어서 살짝만 묶어둔
그리움의 끝자락

두근거리는 새벽을 하얗게 보내고도
끝나지 않을 고민만 수없이 수없이

왜 소중하지 않은 거니, 아들아!

요즘 우리 아들은 갖고 싶은 것도 참 많습니다.
꼭 필요한 물건이 있으면 그것을 얻기까지 많은 고민이 필요하고, 소중하게 생각해야 하는데, 갖고 싶은 그 때에 쉽게 갖지 못하는 것에 대해 다른 생각은 해 보려고조차 하지 않습니다. 자신의 요구가 거부당하면, 갖고 싶은 욕구가 충족되지 않은 것에만 불만을 갖고, 부모의 입장은 안중에도 없지요. 문제는, 마트에서 껌 하나 사달라고 조르듯이 너무나 쉽게 필요한 것을 요구한다는 것입니다.
어느 날, 둘째 아이가 제게 툭 한마디 던집니다.
"엄마 저 자전거 사주면 안돼요?"
"형 자전거도 있는데 굳이 필요하니? 자전거가 한두 푼 하는 것도 아니고."
"형이 못 타게 하니까 그렇죠. 내 친구들은 몇 십 만원 씩 하는 엄청 비싼 거 타고 다니는데……"
"무슨 학생들이 자전거를 몇 십 만원 씩 하는 걸 타고 다닌다니? 사이클 선수도 아니고."
도대체 어린 학생들이 32단 기어의 전문 산악용 MTB자전거가 무슨 소용이 있단 말입니까? 너무 보여 지는 것에만 치우쳐 있는 요즘 아이들의 단면을 보는 것 같아서 참 씁쓸해집니다.

사춘기 아이를 키우다보면, 현명한 부모가 되는 게 수월치 않다는 것을 절감합니다.

그런 식으로 제 욕심을 차려서 갖게 되는 물건이라면, 애착도 비례하면 좋겠지요. 그래서 제 몸 아끼듯 소중히 다루고 귀하게 여겨 감사한 마음으로 쓰면 좋겠어요. 하지만 정작 물건을 잃어버렸을 때 안타까워하거나 자신의 부주의를 반성하는 게 아니라, 다시 사면된다는 식으로 너무 쉽게 자기 물건과의 이별 의식을 갖습니다.

작은 물건이라도 제 것이라면 잘 간수해야 하는 게 마땅하지요. 하물며 부모가 여러 번의 고심 끝에 비싼 값을 치르고 사준 물건이라면 두말할 나위도 없겠지요. 다 소중하고, 쓰는 내내 고마워하면서 아껴 쓰는 게 당연한 것 아닐까요?

갖고 싶은 옷이나 물건이 있어도 감히 사달라고 쉽게 말할 수 없었던 우리 세대와 똑같은 마음자세까지는 아니더라도, 물건 하나를 갖게 되었을 때, 정말로 부모님에 대한 감사한 마음으로 소중히 잘 간수하여 아껴가며, 오래도록 사용하고, 애틋하게 교감하는 그 의미 있는 일련의 마음 자세만은 꼭 가졌으면 좋겠습니다.

자전거를 사달라고 그렇게 조르던 둘째 아들 녀석!

쉽게 사주지 않는 제 엄마가 무척이나 야속하겠지요? 그렇지만 저는, 엄마로서 지금 당장 사줄 수 없어서가 아니라, 자신의 욕구를 위해 그저 바라기만 한 아들이 야속합니다.

물건의 소중함, 부모님에 대한 감사, 하나를 갖기까지 여러 번 생각하고 꼭 필요한 것을 꼭 필요한 때에 분별 있게 가질 수 있는 지혜가 자라나길 바라고 또 바랍니다.

자전거요? 물론 사주었지요! 몇날 며칠 동안 엄마를 졸랐기에,
결국 생일 선물이라는 명분으로 무난한 가격대에 사주었지요!
2년이 지난 지금은요?
타고 다니기가 부끄럽다고 안타더라고요. 유행에 뒤쳐졌다나요?
날이 좋아서 안타고, 날이 좋지 않아서 안타더라고요.

TRAVEL
물건의 소중함, 부모님에 대한 감사,
하나를 갖기까지 여러 번 생각하고
꼭 필요한 것을 꼭 필요한 때에 분별 있게 가질 수 있는
지혜가 자라나길 바라고 또 바랍니다.

그녀의 아빠, 그의 아버지

TV프로그램 중 '불후의 명곡-전설을 노래하다'가 있습니다.
즐겨보는 방송은 아니지만 여러 가수들이 다양한 장르의 명곡을 재해석해 부르는 프로그램이지요.
우연히 보니까 가수 인순이의 '아버지'라는 노래가 나옵니다.

『서로 사랑을 하고, 서로 미워도 하고 누구보다 아껴주던 그대가 보고 싶다.
가까이에 있어도 다가서지 못했던 그래 내가 미워했었다.
제발 내 얘길 들어주세요. 시간이 필요해요.
가슴 속 깊은 곳에 담아두기만 했던 그래 내가 사랑했었다.
긴 시간이 지나도 말하지 못했었던 그래 내가 사랑했었다.』

부르는 가수는 너무나 애절한데, 노래를 한참 듣고도 눈물이 흐르지 않습니다. 마음이 메마른 것일까요? 마음이 오늘따라 왜 이러는 것일까요?
그녀에게 아빠는 어려운 단어입니다. 가슴 밑바닥에서부터 저장 기억을 상실한 잉여단어라고나 할까요? 세상에서 단 한 번도 입 밖으로 그 대상을 향해 '아빠'라고 불러 본적이 없어요. 그런데도 어려서부터 제일 많이 들었던 말은, "자식들 중에서 아빠를 제일 많이 닮았다."입니다.
유전학적인 유대감은 있을지 모르겠지만, 정작 그녀는 그렇게 많이 닮았다던 아빠의 손길 한 번 받지 못하고 자랐습니다.
그녀의 아빠는 그녀가 태어나던 해, 그러니까 뱃속에 4개월 된 그녀를 두고 돌아가셨습니다. 갑작스러운 익사 사고라고만 들었습니다.
아빠에 대한 기억이 조금이라도 있었다면 그리움이 사무치는 그 마음을 간직하고 가슴속에 품고 살다가 때때로 꺼내 볼 텐데, 애당초 그런 감정을 배우지 못했습니다. 그래선지 오히려 사무치게 그립지는 않았습니다.
그녀는 사무치는 그리움을 알지 못합니다.
사무친다는 것이 어떤 것인지……
마음을 불구덩이 속에 던지는 것인지,
파도에 부서지는 모래알로 채우는 것인지,
기우는 달빛 아래서 가슴에 불도장을 새기는 아픔인지……
무엇이 사무치는 것인지 알 길이 없습니다.
그렇게 아버지에 대한 사무치는 그리움이라는 것은 그녀의 삶의 영역 밖의 사유가 되어버렸습니다.

인순이의 '아버지' 란 노래는, 이전에는 한 번도 처음부터 끝까지 들어본 적이 없었고, 전곡을 다 듣고 난 오늘도 눈물은 나오지 않았습니다. 마음도 아는 것이지요. 그녀에게는 실체가 없었기에 마음이 눈을 뜨지 못한다는 것을요.
노래를 부르기 전 고백처럼 내뱉은 인순이의 말들이 아직도 마음속에서 메아리칩니다.
『어릴 적 내가 보았던 아버지의 뒷모습은 세상에서 가장 커다란

산이었습니다.
어렸을 때 지금 제 앞에 계신 아버지의 모습은 어느새 야트막한 둔덕이 되었습니다. 부디 사랑한다는 말을 과거형으로 하지 마십시오!』

오늘도 여전히 달빛이 환하네요. 저 달빛은 그녀의 맘을 알아줄까요?
밤하늘을 한참 동안 올려다봐야 겨우 실오라기 같은 아빠에 대한 그리움이 한 줌 묻어난다는 것을요. 서로 사랑을 하고 서로 미워도 했던 그 실체가 없었기에, 애증의 마음을 알지 못합니다.
다만 그리움이 사무치지 않을 뿐, 안타깝고 야속하고 보고 싶고 손 잡아보고 싶은 그 마음이 왜 없었겠습니까?
한 번도 불러보지 못했던 그 이름!
"아빠! 제 마음이 들리시나요?"
"아빠! 저의 꿈으로 한 번만 와 주세요!"
"그대가 그리운 이 밤입니다, 아빠!"

1988년 12월
겨울, 그는 아버지를 모시고 이곳 기도원으로 왔습니다.
그곳에서 아버지와 자고 일어나면 예배를 드리고, 먹고 나면 기도를 드리면서 아버지의 회복을 기원했습니다. 그는 간경화가 깊어진 아버지를 홀로 간병하며 3일간 눈물로 금식 기도를 드렸습니다.
얼마간 그의 아버지는 점차로 호전되는 듯 했습니다.

주위에서 가만히 그를 지켜보던 한 분이 그에게
"학생이 밥을 안 먹으면 안 되지. 아버지를 잘 보살피려면 금식 기도를 하지 말고 잘 먹으면서 기도해. 그러다가 큰일 나!"하고 말씀하셨습니다.
그렇게 거칠고 여린 손으로 아버지를 살피고 기도하던 중에 어느 날, 그의 아버지는 구토를 하기 시작했습니다. 마치 이 생애에선 더 토해낼 것이 없다는 듯이 다음 날에도, 그리고 그 다음날에도 계속 토해냈습니다.
살점의 조직 같기도 한 작은 덩어리 덩어리가 막에 싸여져 있고 소시지 같기도 한 그 토사물들은 암 덩어리가 역류하는 것이라고 했습니다. 이유를 알 수 없이 그렇게 토하기를 멈추자, 더 이상 손을 쓸 수가 없었습니다.
그는 어렴풋이나마 알 수 있었습니다. 시간이 얼마 남지 않았다는 것을……
마지막 순간이 서서히 다가오고 있었습니다.
어찌나 두려웠던지요. 가슴 한 가운데를 망치로 두들겨 맞는 듯한 두려움이 순식간에 훅 밀려들어왔습니다.
모든 것을 체념하듯, 그는 눈물을 머금고 아버지와 함께 그 저녁, 다시 집으로 돌아왔습니다. 기도원으로 들어간 지 채 한 달이 안 된 1월의 어느 밤, 아버지를 힘겹게 모시고 떠나갔던 그 자리로 그렇게 다시 돌아왔습니다.
싸늘한 빈방에 군불을 넣고, 아버지를 눕히고 마지막을 준비합니다.
그는 아버지의 머리맡으로 가 앉아 찬송가를 부르며 아버지의 임

종을 지켜봤습니다. 객지로 나가 있는 형과 누나들을 대신해, 5남매 중 막둥이인 그 혼자만이 그렇게 조용히 마지막을 지켜봤습니다. 그 때 그의 나이는 겨우 열일곱 살이었습니다.

1995년 5월
그는 그녀에게 편지 한 통을 보냅니다.
자신이 살아온 지난날에 대한 낱낱한 기록들을 그녀에게 보냈습니다.
답장이 오지 않으면 미련을 갖지 않겠다는 말과 함께!
대학교 4학년인 그는 졸업을 하면 소위로 임관을 하게 됩니다.
"장군이 되어라!"하시던 아버지의 말씀을 굳게 지키려 했던 것일까요?
그의 강직함과 신에 대한 신실함, 그리고 혼자서 많은 것을 결정하고 꾸려야 했던 지난한 어린 날들에 대한 아픔이 고스란히 그녀에게 전해졌습니다.
심성이 여리고 매몰차지 못한 그녀는 그의 편지를 받고 며칠 후 답장을 합니다.
미련을 갖지 않겠다는 그 말에 미련이 남아서 답장을 보낸다고 적었습니다.
그렇게 그들은 서로의 마음을 전하며, 서로에게 위로가 되어주며 오빠 동생의 사이로 발전했습니다. 친구 같은 서툰 마음으로 서로만 바라보게 되었습니다.

계절은 여름을 지나 가을로 접어들고, 편지만 주고받던 그들이 드디어 첫 만남을 가졌습니다. 검게 그을린 그와 수줍게 하얀 단발머리 그녀는 어느 기차역에서 사람들 틈 사이로 서로를 알아봤습니다. 다행히도 편지만을 주고받던 3개월간의 마음 왕래가 만남의 어색함을 없애주었습니다.
둘은 어느 한가한 식당에 들어가 점심으로 비빔밥을 사 먹었습니다.
밥이 입으로 들어가는지 코로 들어가는지, 첫 대면할 때도 느껴지지 않았던 어색함이, 밥을 앞에 놓고 마주 앉아 먹으려니 수줍고 어색한 맘이 삐죽 고개를 내밀었습니다.
그 자리에서 다음 만날 날을 약속한 것 같기도 하고 아닌 것 같기도 합니다.
밥을 먹고 나와서 커피를 마시러 갔던 것 같기도 하고 아닌 것 같기도 합니다.
"우리의 거리를 통화로만 채우기에는 한계가 있지 않나요?"
"그립죠, 그리운 거 맞죠?"

첫 만남이 있은 지 4년이 조금 안 되는 1999년의 봄날, 교회에서 그녀와 그는 결혼식을 올렸습니다.
그녀가 그를 처음 만난 것이 어느덧 21년여의 세월이 지났네요.
지금도 그는 불 꺼진 집에 혼자 들어서는 걸 싫어합니다. 방방마다 불을 켜놓고 끄지 않아 그녀에게 잔소리를 듣습니다.
지금도 그는 조용한 집안에 익숙하지 않습니다. TV나 라디오를 틀어놔야 합니다. 하다못해 스마트폰의 음악이라도 틀어서 넓은 공간을 '소리'로 채워야 합니다. 그러면 또 여지없이 정신사납다고 그녀에게 잔소리를 듣습니다.
혼자인 시간에 위로가 되어준 빛 들.
두렵고 고독했던 시간에 친구가 되어준 소리들.
그에게는 그 빛과 소리가 유년시절, 자신을 쓰다듬어 주고 자신의 얘기를 들어준 유일한 친구들이었습니다. 이제는 그러지 않아도 된다고 해도, 외로움과 함께 길들여진 오래된 습관이라 어지간해선 안 고쳐집니다.

'그녀' 인 저와 '그' 인 남편에게 있어서 아버지는 서로 다른 의미입니다.
아버지와의 정서를 공유하지 못했던 저는 근본적으로 아버지란 단어에 무감각합니다. 꿈에서조차 본 적이 없습니다.
하지만 남편에게는 세상의 전부였던 아버지였기에 꿈에서라도 그리운 존재입니다. 수시로 아버지 꿈을 꾸고는 합니다.

사람에 대한 그리움의 무게는 이리도 다릅니다.
저의 의식 속에서조차 부재하는 아빠와, 그의 뼛속까지 각인된 아버지의 존재감은 부피에서도 차이가 납니다. 극과 극일 수도 있지요.
그렇지만, 그렇지만 말이지요.
인순이의 눈물겨운 고백의 노래, '아버지' 에 대한 애절함은 이제 조금은 알 것도 같습니다.
왜 그토록 힘겹게 눈물을 흘리며 떨리는 가슴으로 아버지를 부르는지요……

내겐 너무 어려운 반올림 사랑

"후두둑"

"후두둑"

"……"

한 여름 밤, 잠이 들락 말락 할 때 들려오는 달콤하고 기분 좋은 빗소리는 포근하고 정겨운 엄마 품이 생각나게 합니다. 이른 저녁 달게 자고 한밤중이 되어서야 깨어나서 정신이 너무너무 말짱해져 버렸는데, 갑자기 쏟아지는 빗소리가 동심을 흔들어 깨웁니다. 시골집 기와를 힘차게 때리며 내리던 경쾌한 빗소리에 젖어 아스라이 잠들곤 했었던 소싯적의 여름 밤! 그래선지, 지금 세찬 빗소리를 듣고 있자니, 부모님 생각이 많이 나네요.

부모님에 대한 감사한 마음이야 차고 넘치지만, 무엇으로도 다 갚을 길이 없을 만큼 넓고도 깊기만 하네요. 건강히 살아계실 때 자주 찾아뵙고 앞에서 웃어드리는 게 제일 큰 효도지 싶습니다. 그걸 알면서도 늘 바쁘다는 핑계로 제 편리한대로 가끔씩 전화로 안부를 묻는 게 다반사네요.

정작 제 자식들은 살뜰히 보살피고 애틋함이 많으면서도, 부모님에 대해서는 때론 무뎌지고, 때론 '아무렴 어때!' 로 자기합리화를 시켜버립니다.

그저 언제까지나 부모님은 제 편이라고 생각하기 때문에 살뜰히 챙겨드리는 것에 대해 무감각한 것인지도 모르겠습니다.

사랑은 어쩌자고 그 흐름이 아래로만 향하는 내리사랑일까요? 반올림 사랑이 그렇게도 어려운 것일까요?

시골의 느린 시간을 견딘다는 것

"엄마, 저 왔어요."
"아이고 애썼다, 왔냐?"
"오메, 이것들 키가 더 컸네, 어서 오니라."
아이들을 데리고 오랜만에 친정에 왔습니다.
시골의 지금은 옥수수가 익어가고, 빨간 고추의 매운 내가 아련히 퍼지고, 참깨가 잘 말라가고, 여름 매미소리에도 습한 기운이 밀려오는 녹록치 않은 시간을 지나고 있습니다.
부모님이 계셔서 더욱 편안한 시간을 보내게 되고, 오늘이 며칠인지, 무슨 요일인지조차도 모르고, 느리게 가는 시간의 흐름을 온몸으로 받아들이게 됩니다.
그렇게 편안한 마음으로 얼마간의 시간을 보낸 뒤, 둘째 아이가 좀 무료해하는 듯해서 함께 동네 산책길에 나섰습니다. 보이는 게 모두 정겹고, 소박합니다.
무심하게 뻗어나간 담쟁이의 생장선을 따라가다 보면, 자연이 키워낸 꽃들과 나무들에 어느새 마음까지 빼앗겨버립니다.
사람이 그리웠는지 경계심 없이 무턱대고 과하게 따르는 동네 강아지들을 데리고 둘째 아이는 줄곧 놀면서 걷고, 저는 저대로 보이는 것들이 너무 예뻐서 사진에 담느라 까만 모기에 온 다리를 뜯겨가면서도 시간가는 줄 모르고 분주했습니다.
어슬렁거리듯 느린 걸음으로 고향의 흙을 느낄 즈음, 동네 어르신 한 분이 지나가십니다. 반가운 마음에 얼른 인사를 드렸지요.

"안녕하세요, 저 예삐예요."
꼬마였을 때 부르던 제 별명, 예삐!
"오 예삐 왔나? 방금 현태랑 태경이 왔다 갔는데……"
"현태랑 태경언니 금방 왔었어요? 아깝네, 만날 수 있었는데……"
마침 교회를 가시려던 참이었는지, 어르신의 손에 성경책이 들려져 있었습니다.
반가움도 잠시, 얼른 가시라고 어르신을 보내드리고 나니, 뭔가 허전한 마음이 듭니다. 이제는 먼저 인사를 드리지 않으면 누구인지도 잘 알아 볼 수 없을 정도로 동네 어르신들이 많이 늙으셨네요. 오랜만에 친정에 내려와도 어린 시절 함께 놀던 동네 친구들은 더 이상 만날 수가 없게 되었습니다.
그저 덩그러니 남겨진 시골의 애달픈 쓸쓸함만이 저를 반겨주는 것 같습니다.
잠이나 한 숨 자고 났다면 절대로 대할 수 없었을 풍경들……
무심결에 흘려보내면 지루하게 반복되는 소소한 농촌의 일상일 뿐이지만, 일부러 시간을 들이고 애써 마음을 써서 들여다보는 작은 것들은 때론 놀랍도록 눈부십니다.
한 시간이 넘게 동네 한 바퀴를 돌도록 지나가는 사람도 거의 없고 스쳐가는 차도 한 대 없는 그야말로 모든 것이 멈춘 듯한 시골의 느린 시간을 견딘다는 것은, 빠르게 지나는 도시의 시간과는 사뭇 거리가 멉니다.
때론 긴 박자로 쉬어가는 게 필요하고, 온전히 나만을 위해 생각하는 시간도 필요한 것 같습니다. 느리게 걷는 한낮의 무상함은,

거창하지는 않지만 나를 나답게 해주고 생활에 활기를 주며, 평소에 신경 쓰지 않아도 되는 것들에게 잠시나마 다가가볼 수 있는 짬을 줍니다. 오랜 산책을 끝내고 집으로 돌아오니, 엄마가 삶은 찰옥수수를 내어주십니다. 알맞게 달짝지근한 옥수수가 알알이 맛있습니다.

시골의 지금은, 도시에서 숨 가쁘게 살아가는 사람들에게 꼭 필요한 시간을 숨겨두고 있습니다. 언제든지 그 짬을 내어 줄 만반의 준비를 하고서 말이지요!

무심결에 흘려보내면 지루하게 반복되는 소소한 농촌의 일상일 뿐이지만
일부러 시간을 들이고 애써 마음을 써서 들여다보는 작은 것들은 때론 놀랍도록 눈부십니다

등을 밀어주는 한 여자

자, 지금부터 귀를 쫑긋 세워주세요. 제가 밑도 끝도 없이 수많은 단어들을 나열할겁니다. 중간에 읽다 지쳐 책을 덮고 싶을지도 모르겠지만 당부 드립니다.

'쑥떡 반죽' 이란 단어가 나올 때까지 한 호흡으로 쭉 읽어주세요. 그러면 아마도 엄마의 등을 밀어주는 한 여자의 모습이 자연스럽게 떠오를 것입니다. 바로 시작합니다. 빼먹지 말고 다 읽어주세요.

현미, 백미, 찹쌀, 볶은 참깨, 참기름, 들기름, 고춧가루, 마늘, 양파, 돌산 갓김치, 쪽파김치, 완두콩, 늙은 호박, 팥, 녹두, 방울토마토, 호박고구마, 단감, 대봉감, 고구마 순, 자두, 매실, 매실엑기스, 매실장아찌, 꽃게장, 낙지젓, 고추장 멸치볶음, 국간장, 된장, 고추장, 쑥떡 반죽……

이것들이 다 무엇 인고 하니, 우리 엄마가 지금껏 저에게 택배로 보내주신 먹거리들입니다.

와, 이쯤 되면 우리 엄마가 택배회사를 먹여 살리고 계신 거 맞죠?

엄마표 택배상자는 화수분입니다. 뭐가 그리도 끝도 없이 나오는지요. 상자가 미어터질 듯해서 더 이상 넣을 곳이 없었겠다싶으면, 함께 보낸 쌀자루 속에 콩이나 팥이 들어있습니다. 우리 엄마, 아니 이 양반 진짜 기발하십니다.

이제는 더 이상 자식들에게 옷 사 입히고, 신발 사 신기고 하실

일은 없지요. 한 지붕 아래에서 거둬 먹이고 거둬 키우던 자식들이 장성해서 각기 제 살림을 나고 객지에서 살고 있으니, 먹이고 키우던 그 손길이 '택배'라는 형태로 이어지고 있는 것이겠지요. 엄마로부터 택배가 오면 저는 되도록 지인들과 나눠먹습니다. 욕심껏 혼자서 다 먹으려다가는 미처 다 먹지도 못하고 내버리게 되는 수가 있으니 양파든 감자든, 단감이든 자두든, 적은 양이라도 나눔을 합니다. 그러면 엄마의 정성과 손길을 나누는 것이라 두루두루 엄마에게도 좋은 기운으로 갚아진다고 믿고 있습니다.

음식을 하면서는 양념을 아끼지 않습니다. 참기름, 마늘, 고춧가루, 참깨…… 국내산인데다 생산자 직배송 양념들이니, 안심하고 듬뿍 듬뿍 넣습니다. 그러라고 울 엄마가 주신 것이니까요. 아껴 먹으라고, 혼자 먹으라고 주신 게 아니니까요.

그러니 하루에도 몇 번 씩 엄마 생각을 하게 되지요. 밥을 지을 때 울 엄마가 주신 쌀을 씻어 안치고, 된장국을 끓일 때 울 엄마가 주신 마늘을 듬뿍 넣어 국물의 풍미를 더하고, 나물을 무칠 때 울 엄마가 주신 참기름과 고춧가루, 그리고 참깨를 야무지게 넣습니다.

그러니 아직까지도 울 엄마는 자식들을 거둬 키우고 계신 겁니다. 젊은 시절엔 손수 당신 손으로, 노년이 되어선 자식들의 손을 빌어서 말이죠.

엄마로부터 받아먹어 온 수없이 많은 먹거리들! 엄마가 돌아가시면, 이 무수한 것들 중 제가 받아볼 수 있는 게 단 한 가지도 없겠지요?

놀랍게도, 순차적으로 가짓수가 줄어드는 게 아니라 일순간 정지! all stop!입니다.

엄마로부터 파생되어 온 그것들이 일순간 공급중단 된다는 것은, 엄마의 부재를 알리는 경고장일 뿐만 아니라 태곳적 저의 근본에너지를 건드리는 무시무시한 압박입니다. 가압류 딱지 마냥 제가 싫다고 안 받을 수도 없는……

2년 전, 무릎 수술을 하신 이후로는 농사일이 녹록치 않으시니, 쌀농사도 더 이상 짓지 않으시고, 고추와 마늘 농사는 조금만 지으십니다.
가만히 놔두어도 열매를 맺는 감이나 자두, 그리고 매실은 때가 되면 거두기야 하시지만, 제 때에 농약 한 번 쓸 수 없으니, 해마다 소출이 적어지고 있습니다.
약을 안 쳐서 거뭇거뭇 반점이 많고 크기도 제각각이라고 하시며 작년에 보내주셨던 매실과, 익기도 전에 땅에 다 떨어져 버려 부칠 것이 없다고 보내지 못하셨던 대봉, 그리고 많이 못 심어서 소출이 적다고 하시면서도 어김없이 시누이 두 분 몫까지 세 접을 보내주셨던 마늘…… 엄마가 아니면, 적당한 때에 누가 저에게 이런 것들을 안겨줄 수 있을까요?
우리 엄마가 아니면, 시도 때도 없이 누가 저를 살뜰히 살펴줄 수 있을까요?
부모로부터 경제적인 독립은 했을지 몰라도, 심리적인 독립은 평생 안 될 것 같습니다.
엄마라는 존재는 뭘까요, 신이 우리들 곁을 항상 지켜줄 수가 없어서 대신 엄마를 보내신 거라던데, 진짜 엄마는 어떤 존재인걸까요?

나를 세상에 있게 해 준 그 하나의 사실 말고도, 도대체 어떤 존재이기에 내 평생의 삶을 통해 의미를 갖게 하고, 위로를 받게 하느냔 말이지요!

엄마, 나 아직 많이 늦은 거 아니지요?
지금까지 기다리신 게 너무 오래는 아니지요?
엄마랑 목욕탕에 가보고 싶다는 내 바람을 더는 미루지 말아야겠어요. 올해가 가기 전, 누구라도 저에게 "은숙아, 엄마랑 목욕탕에 다녀는 왔니?"하고 물어봐 주세요. 제 등보다 더 좁을 게 분명한 엄마의 그 등에 앉은 세월의 때를 벗겨드려야겠어요.
가만히 코끝을 대고 우리 엄마 살 냄새 좀 실컷 맡아봐야겠어요.

우리 엄마가 아니면,
시도 때도 없이 누가 저를 살뜰히 살펴줄 수 있을까요?
부모로부터 경제적인 독립은 했을지 몰라도,
심리적인 독립은 평생 안 될것 같습니다

CAFE MONO

제발 관심 좀 덜 가지면 안 될까요?

고3 엄마가 됐습니다. 그와 동시에 중3 엄마가 됐습니다.
일하는 엄마지요. 직장은 초등학교 도서관입니다.
교육의 현장은 낮이나 밤이나 저와 깊숙이 연결되어 있어요.
1년을 놓고 보면, 학교의 사이클은 1학기와 2학기로 나뉘고, 그 사이에 여름방학과 겨울방학이 있지요.
이렇게 크게 들여다보면 채 1년이 되지 않는 시간입니다만, 매 학기, 매달, 매주, 매일을 치열하게 살아가는 학생들이 대부분입니다.
담임선생님부터 학년주임 선생님, 상담 선생님, 진로 선생님, 과목별 선생님, 그리고 학원 원장님에 이르기까지 학생들이 매일 순간순간 함께 부대끼는 선생님들은 무수히 많습니다. 엄마들끼리 만나면 아이들 이야기와 선생님, 그리고 학원 이야기를 주고받습니다.
학원의 커리큘럼은 어떻고, 강사진은 어떻고, 아이의 레벨을 어디까지 끌어올릴 것인지, 필요하다면 부가적으로 다른 수업도 두세 가지 정도는 따로 받아야 하고, 대입 입학 전형에서 수시는 어떻고 정시는 어떻고……
대부분이 자녀이야기, 자녀의 학교이야기, 자녀의 학원이야기, 심지어는 잘 알지 못하는 자녀의 친구이야기 등, 모르는 게 없고, 못하는 이야기가 없습니다.

문득, 생각할 게 많거나 뭔가를 쓰고 정리해야 할 때, 혹은 그냥 비가 올 때면 기분이 들떠서 읽을거리 하나 들고, 음악을 들으며 찾게 되는 카페!

차 한 잔을 놓고 2시간이 넘도록 혼자만의 여유를 즐기고 있을 즈음, 옆자리의 두 엄마들은 2시간 넘게 온통 자녀들의 이야기로 입이 아프게 얘기를 나누고 정보를 공유합니다.

함께 아이를 키우는 학부모로 만났기에 만나서도 할 얘기는 아이 키우는 이야기가 대부분입니다. 가깝다고 느끼는 사이지만 자신의 많은 것을 보여주지는 못하는 그런 사이입니다. 전화로는 길어지는 수다라 가끔씩 카페에 앉아 맘먹고 얘기를 나누는 거겠지요.

물론, 어떤 내용의 대화를 하든 저와 상관은 없지요. 공공장소이고, 각자가 이곳에서 자유롭게 얘기를 나눌 권리는 분명히 있습니다. 그러려고 편하게 밖에서 만나는 것이니까요. 그것까지는 뭐라고 하고 싶지 않지만, 바로 옆에 앉아 있는 다른 사람들한테는 방해가 되기도 하고, 신경이 쓰이는 것은 분명한 사실입니다.

말을 좀 아끼고 싶은 요즘입니다. 생각을 좀 단순하게 하고 싶은 요즘입니다.

하고 싶은 말은 많지만, 때론 다 내보일 필요는 없지요.

이기적으로 나를 챙겨도 될 한 때를, 시시콜콜 그저 시간을 때우는 의미 없는 대화들로 허비하고 싶지는 않습니다.

비가 올 듯 말 듯 흐린 하늘이 저리 눈물겹고, 겨울을 이긴 앙상한 저 가지에 봄이 되면 봉긋봉긋 터져 나올 새싹들을 상상해보는 것만으로도 저리 가슴이 벅찬데…… 피곤한 일상, 뻔한 살림의 시간에서 좀 벗어나보고자 조용히 책을 들고 나선 걸음인데……

2시간 30분 정도의 '혼자만의 시간'을 계산하고 나왔는데요, 저리도 열성적인 엄마들의 얘기를 듣느라 2시간 20분이나 훌쩍 가버렸네요. 눈은 책에 두고 귀는 엄마들에게 빼앗겨 버렸어요.

자녀들에게 관심을 갖고 그들의 진로를 걱정하고 고민하는 것 자체를 나쁘다고 생각하지는 않아요. 부모라면 당연히 가져야 할 관심과 고민이지요.

다만, 좀 더 소중한 자신의 얘기들을 나누고, 천천히 말하고, 웃으면서 말하고, 생각하는 시간들로는 채우지 못하고 오로지 머리 아픈 얘기만을 나누는 것이 안타까울 뿐이에요. 답답한 속을 풀자고 하는 대화일수도 있지만, 엄마들! 좀 그러지 맙시다! 어떻게 쉬지 않고 줄곧 자신들의 이야기는 한마디도 없이 남의 이야기만 그렇게 하시는지요. 너무 관심이 많아요. 자녀의 일에.

온통 자녀들의 하루 일과에 본인들의 생활이 맞춰져 있어요. 왜 그래요?

제발 그러지 마요. 물론 자녀들을 뒷바라지하는 궁극적인 목표는, 우선 좋은 대학에 입학시키는 것이겠죠. 우리 아이가 남보다는 더 좋은 대학에 가는 것이 모든 부모들의 솔직한 바람이니까요.

애당초 조용히 책을 읽으려고 카페에 온 것이 무리였는지도 모릅니다.

그럴 거면 도서관 열람실을 찾았어야죠. 그래도 제가 좋아하는 오후시간에 비교적 조용한 카페에서 커피를 마시며 책을 좀 읽고 싶었을 뿐인데…… 욕심이 과했나 봐요. 조금 씁쓸하긴 하네요. 번지수를 잘못 찾은 사람이 되레, 무고한 엄마들의 대화에 '감 놔라 배 놔라' 했으니 말이에요. 책을 읽다가, 수첩에 뭔가를 정리해보다가, 이제는 그만 자리를 정리합니다. 일어나야겠어요. 오늘은 그저 창가자리에서 흐린 오후를 감상한 걸로만 만족해야겠습니다.

오늘은 주말! 여전히 변함없이 우리 집 주말 저녁메뉴는 삼겹살 구이!
저 엄마들에게는 그만 귀 기울이고 저랑 저녁 장보러 마트나 갑시다.
며칠 전 동네에서 새로 오픈한 총각 네 정육점도 들러보고요.
일어나요 이제! 그만 나갑시다!

문득, 생각할게 많거나 뭔가를 쓰고 정리해야 할 때,
혹은 그냥 비가 올 때면 기분이 들떠서 읽을거리 하나 들고,
음악을 들으며 찾게되는 카페!

외로움에도 처연해질 수 있는 힘

가끔 나무를 껴안고 나무가 되는 사람과 결혼하라.
나뭇가지들이 밤마다 별들을 향해 뻗어나간다는 사실을 아는 사람과 결혼하라.
고단한 별들이 잠시 쉬어가도록 가슴의 단추를 열어주는 사람과 결혼하라.
가끔은 전깃불을 끄고 촛불 아래서 한 권의 시집을 읽을 줄 아는 사람과 결혼하라.
책갈피 속에 노란 은행잎 한 장쯤은 오랫동안 간직하고 있는 사람과 결혼하라.
밤이 오면 땅의 벌레 소리에 귀를 기울일 줄 아는 사람과 결혼하라.
밤이 깊으면 가끔은 사랑해서 미안하다고 속삭일 줄 아는 사람과 결혼하라.

결혼이 사랑을 필요로 하는 것처럼 사랑도 결혼이 필요하다.
사랑한다는 것은 이해한다는 것이며 결혼도 때로는 외로운 것이다.

정호승 시인의 〈결혼에 대하여〉라는 시의 일부입니다.
우리가 흔히 하는 말 중에, 배우자를 고르려면 적어도 그 사람과 모든 계절을 다 보내본 후에 선택하라고 합니다.
그런데, 이 시에서 말한 것과 꼭 맞는 사람이라면 굳이 사계절을 함께 보내보지 않아도 그 사람이 어떤 사람인지 알 수 있을 것 같습니다.

배우자를 선택한다는 것은 평생의 반려자를 선택하는 일이므로, 먹고 싶은 사탕을 고르듯 아무생각 없이 쉽게 고를 수는 없는 일이지요.
사랑을 하게 되면, 이성적이던 사고도 감성적이 되고 주관적이 되어버리지요.
판단력이 흐려져서 눈이 멀고 귀가 머는 것처럼, 오직 한 사람만 보이게 되고, 다른 사람의 말은 귀에 들어오지 않게 됩니다.
눈과 귀에 사랑의 콩깍지가 쓰이는 것이지요. 오로지 사랑하는 사람만 눈에 담고 귀에 담으려 하지요.
좋을 것만 같은 사랑은 사실 마음대로 되지 않습니다.
무엇보다 신중하고 현명해야 할 결혼에 대해서 어떤 이들은, 사랑 하나만 가지고 다 이겨낼 수 있을 것처럼 자신합니다.

결혼이란 것은, 물론 사랑도 희생도 필요합니다.
인내도 필요하고 외로움에 처연해질 수 있는 힘도 필요하지요.
화가 나거나 때로는 도저히 이해할 수 없다고 하더라도 자기감정에 책임을 질 줄 알아야 합니다.
아플 수도 있습니다. 어떤 상황에서든 그 아픔을 나누겠다는 의지가 있어야 합니다. 검은 머리가 파뿌리가 될 때까지 이 모든 것들을 감당해 내야 합니다.

결혼은……

그러므로 결혼은……

아프지 않았으면 좋겠습니다.

튼튼했으면 좋겠습니다.

하나하나 차근차근 쌓아올려지는 성처럼, 인내의 시간들로 축적되어진 무수한 나를 발견해나가는 고귀한 순간들이었으면 좋겠습니다. 부디!

둘이서 하나가 되는

옛날에 소와 사자가 있었습니다. 둘은 서로 너무 좋아해서 결혼을 하게 됐습니다.
서로가 사랑하고, 서로에게 헌신하고, 서로가 도와주기 위해서 신혼 생활을 시작합니다. 그리고 최선을 다하기로 하객들 앞에서 약속했기 때문에 그 약속을 지키기 위해 신부인 소가 들로 나갑니다.
그리고 맛있는 풀을 뜯어다가 신랑인 사자에게 대접합니다.
"사자님, 들에서 갓 뜯어 온 신선한 풀이에요. 드세요."
사자는 싫었지만 참았습니다.
신부인 소가 상처받고 실망할까봐……

신랑인 사자도 들로 나갔습니다.
그리고 사냥을 해서 맛있는 살코기를 발라다가 신부인 소에게 대접합니다.
"아주 연하고 부드러운 놈을 사냥해왔소. 어서 먹어봐요."
소도 싫었지만 참았습니다.
신랑인 사자가 실망하고 상처를 받을까봐 꾹 참았습니다.
그러나 참는 데는 한계가 있습니다. 결국은 이 가정에 문제가 생기기 시작합니다. 그리고 이 가정이 파탄이 나고 맙니다.
그러면서 서로가 "난 도무지 이해가 안 돼. 그걸 말이라고 해? 어떻게 나한테 이럴 수가 있어?"라고 애기합니다. 그리고 억울하다고, 배신당했다고 얘기하면서 헤어집니다.

소와 사자 부부는 서로에 대한 최선의 노력은 있었지만, 결국은 상대방이 좋아하는 것이 아니라 내 입장에서 좋아하는 것을 상대에게 강요함으로써 한계에 이르고 결국 헤어지게 되었지요.
자기 방식대로의 최선은, 때로는 상대방에게는 최악이 될 수도 있습니다. 그리고 그 최선은 최선일수록 결과는 더 참담하겠지요.
혹시 나 자신도 나의 가족들에게, 혹은 직장 상사나 후배에게, 내 방식대로의 최선을 다한 것은 아니었을까요? 그것이 상대방에게는 최악이었다는 것을 감히 알지도 못한 채 말이지요.
나와 다른 방식으로 생각하는 사람들과 더불어 살아간다는 것이 얼마나 어려운 일인지를 새삼 깨우치게 해주는 예화입니다.
아무리 오래 살아온 부부라고 해도 서로 성격이 맞지 않은 건 어쩔 수 없어요.
내 기준에서 볼 때 아닌 것이라고 생각되는 것이지, 상대방에게는 그것이 맞는 것일 수도 있잖아요.
그와 저는 취향이며 성격이며 취미와 습관에 이르기까지 어느 것 하나도 같은 게 없는 그야말로 소와 사자입니다.
옷걸이에 옷을 거는 방향도 다른 것을 알고는 '어쩜 이렇게 안 맞는 게 많을까?' 하는 생각이 들었어요.
하지만 그럴 수밖에 없어요. 그는 왼손잡이거든요. 저에게는 오른쪽으로 고리를 거는 것이 당연한 것이지만, 왼손잡이인 그는 왼쪽으로 고리를 거는 게 더 익숙하고 자연스러우니까 당연히 서로 반대일 수밖에요.

그런 이해가 없으면 그저 나와 다르다고만 생각하지, 이해하는 마음이 들지는 않거든요.
물론 비슷한 구석도 많겠지요. 그렇지만 그 비슷함마저도 실은 오랜 세월을 함께 살면서 서로에게 맞춰주고 노력하다 보니까 비슷해 보이는 것이지 결코 같은 것은 아닐 거예요. 근본적으로 나와 일치하는 사람은 없으니까요.

매년 5월 21일은 부부의 날입니다.
왜 21일 일까요? 둘이 만나서 하나가 된다는 의미로 그렇게 정한 것이라고 합니다.
5월은 어린이날을 시작으로 해서 어버이 날, 부부의 날까지 온 가족을 훑고 지나갑니다. 이왕 기념일로 정해져서 지켜져 오는 것이니, 부부의 참의미를 되새겨보며 배우자에 대한 감사한 마음도 표현해보고, 격려의 말들도 나누는 훈훈한 하루를 보내면 좋겠네요. 감사와 사랑의 표현은 미루지 말고, 억지스럽고 쑥스럽더라도 꼭 해보세요. 말로만 다 하려들지 마시고, 그날은 꽃다발도 살포시 준비해두세요!
게임 끝입니다!

결혼은……

그러므로 결혼은……

아프지 않았으면 좋겠습니다

튼튼했으면 좋겠습니다

아프지 않을 용기

오한과 근육통, 그리고 고열로 주말 내내 앓았어요.
두통으로 이어져서 월요일을 시작하더니 좀 잠잠해지나 싶더니만 오늘부터는 기침과 가래까지 동반해 정도가 점점 심해집니다.
급기야는 거담제를 먹는 걸로 마무리를 하고 있습니다.
약이라면 끔찍해하는 제가 몸이 흠칫흠칫 예민해짐과 동시에 약을 먹기 시작하다니요. 예전 같으면 어림도 없는 소리지요. 어지간히 아프지 않고서는 병원 갈 생각도 안합니다. 다행히 앓아누운 중에도 입맛은 잃지 않았었기에, 밥 때가 되면 득달같이 끼니를 챙겨먹고, 약을 챙겨먹을 수 있었습니다.
남편이 정성들여 끓여 준 칼칼하고 맛나던 시원한 콩나물국도 두 그릇이나 연거푸 흡입이 가능했습니다. 도라지차, 배즙, 쌍화탕, 그리고 사탕이며 과일이며, 눈에 보이는 대로 손에 잡히는 대로 먹고 먹고 또 먹었습니다.
무뚝뚝한 아들들이지만 아픈 엄마 곁을 맴돌며, 위로 세 겹 아래로 세 겹의 6단 잠자리를 마련해주고, 땀 흘리는 엄마의 등도 오래도록 긁어주었지요.

부모의 나이는 반드시 기억하고 있어야 한다.
한편으로는 오래 사신 것을 기뻐하고,
또 한편으로는 나이 많은 것을 걱정해야 한다. – 논어 –

어찌 보면 가족을 챙기는 일이 하루의 대부분을 차지하는 엄마의 일상이지만, 사실은 무수한 지원과 도움 속에서 오히려 그들로부터 챙김을 받아 오고 있다는 걸 잊고 있었습니다. 나만이 챙기는 주체인 줄 알았지요.
사실은 가족 모두가 서로를 챙기고 있다는 걸, 우리는 미처 생각하지 못합니다.
서투른 표현으로, 어설픈 몸놀림으로, 그리고 애정 어린 눈길과 마음씀씀이로 나를 보듬어주고 있는 가족들이 늘 곁에 있다는 것을요.
거담제를 먹고 있으니 내일이 지나면 거의 다 회복될 듯 합니다.
더 심하게 앓았을 수도 있었을 텐데, 가족들의 전폭적인 지원사격으로 이제는 거담제가 할 일만 마지막으로 남은 셈이네요.
아파도 힘을 내서 끼니를 챙겨먹고 내 몸이 귀찮아도 약을 챙겨먹어야 하는 이유는, 나를 철저하게 엄호하는 가족들을 위해서지요.
그래서 가족은 철옹성입니다.

"가족들이 서로 맺어져 하나가 되어 있다는 것은 이 세상에서의 유일한 행복이다."

– 퀴리부인

때로는 태산보다 티끌이 크다

시부모님이 안 계신 저는 명절 연휴 때면 시누이 두 분과 아주버님이 계신 오산으로 갑니다. 꼭 명절 때가 아니더라도 결혼해서부터 줄곧 시댁처럼 왕래하는 곳이 바로 오산의 큰 시누이 댁입니다. 이번 추석 때, 작은 시누이께서 몸에 좋은 거라고 하시며 감로 꿀을 선물로 주셨습니다.
그때 저는, 다른 사람의 몫으로 선물을 챙긴다는 것이 새삼 큰 감동을 준다는 것을 느꼈습니다. 자주 오가며 이물 없이 잘 지내는 형제지간이라고는 해도, 따로 선물을 챙겨 본 것이 결혼 초반 무렵 때 뿐인 것 같습니다.
물론, 가족들이 함께 모였을 때 먹을 음식이나 과일 등은 지금도 자주 사가기는 하지만, 세월이 많이 흐르고, 서로 간에 어색함이 많이 없어진 까닭에 선물을 따로 챙기는 일이 점차로 없게 된 것입니다.

따지고 보면, 우리들 인생의 대부분을 차지하는 것은 사람들과의 관계가 아닐까합니다. 부모와 자식이 그렇고 그 이전에 부부가 그렇고, 나와 친구, 나와 동료, 나와 형제들, 나와 지인들, 그리고 친척들 간의 관계도 나로부터 시작되고 나와의 관계로 이루어집니다. 흔히들 인맥이라고 하는 타인과의 관계를 잘 해나가는 일이 사뭇 어렵고 복잡합니다.
사람의 일, 즉 인사만 잘 하여도 관계를 잘 유지할 수가 있습니다.

나와 관계된 사람들을 잘 들여다봐주고, 챙겨주고, 배려하고, 베푸는 모든 것이 다 인사라고 할 수 있습니다.
인사를 잘 하는 사람이 되고 싶습니다, 저는!
남들과 좋은 관계 속에서 베풀고 저 또한 도움을 받고 싶습니다.
다른 사람을 도와줘야할 때는 내가 도와주고, 나 또한 누군가의 도움이 필요할 때는 주위로부터 도움을 받고…… 이것이야말로 이상적인 인사가 아닐까요?
소소하게 주위를 챙기는 일은 결코 쉬운 일이 아님을 경험으로 알고 있습니다.
더군다나 내 마음이 편안하고 형편이 좋을 때에라야 남에게 인사도 제대로 할 수 있는 것이지요. 내 앞가림도 안 되면서 남을 챙긴다는 것은 어불성설입니다.
부모님의 생신을 챙기고 동기간의 생일이나 기념일을 챙겨주고, 다른 사람의 애경사를 챙겨주는 인사는 우리가 놓치고 가서는 안 될 인사입니다.
굳이 오지랖이라고까지 하고 싶지는 않지만, 오버센스만 아니라면, 내가 기억하고 챙길 수 있는 인사들이 많으면 많을수록 좋은 것입니다.
기본적인 인사치레를 한다는 것은, 내 주위의 사람들에게 진심으로 대하고 싶다는 마음의 표현이기도 하고, 내 앞가림이 잘 되고 있다는 반증이기도 하며, 내가 좀 더 여유롭게 뒤를 돌아볼 수 있는 넓은 마음을 가지고 있다는 뜻이기도 합니다.
결혼해서 가정을 꾸리고 살아가다 보면, 챙겨야 할 사람들도 많고, 기억하고 있어야 할 기념일도 참 많습니다.

작은 진심을 보여줄 수 있는 인사라도 괜찮습니다. 오히려 그 편이 더 감동적이고 부담이 없으며 훈훈하고 좋습니다.
원래가 태산보다는 티끌이 더 크게 느껴지는 법이지요.
티끌 같은 작은 인사로 사람에게 감동을 주어 다른 이의 마음에 울림을 주는 태산이 되고 싶습니다.
큰마음을 가진 사람으로서 자신을 좀 더 아끼고, 건강하게 삶을 마주 대하며, 부족하다고 느끼는 일들을 채워갈 수 있는 넉넉함이 많아지기를 소망합니다.

추석을 보내며 가만히 생각해 보건데, 앞으로 세대를 넘어 수십 년이 지나면, 지금과는 많이 다른 명절문화와 가족문화가 생겨날 것입니다.
세대가 바뀌고 시대를 반영한 트렌드의 변화가 불가피한 일이라고 하더라도, 좋은 인사문화는 오래도록 변함없이 이어나갔으면 좋겠습니다.
참 무서운 세상이라고 말을 많이 하지만, 그래도 긍정적인 진보함으로 새로운 문화를 주도해 나갈 우리 자녀들 세대와 그 이하의 후손들에게 변치 않는 인사를 기대하고 싶습니다.
인사를 참 잘하는 사람이 되고 싶습니다, 저는! 좀 더 노력이 필요하고 실천이 필요하겠지요.
제가 아는 많은 사람들도 인사를 잘하는 사람들이 되었으면 좋겠습니다. 지금 잘하고 있다면, 좀 더 노력하고, 한 번 더 실천하는 사람들이 다 되었으면 좋겠습니다. 왜나고요? 사람은 더불어 사는 것이니까요. 그리고 그것이 옳은 것이고 그것이 좋은 것이라고 알고 있으니까요.

오늘 작은 시누이께서 주신 감로 꿀은 그냥 꿀이 아닙니다.
오래도록 잠 못 이루고, 이런 생각을 하며 제 자신을 돌아볼 수 있는 큰 계기가 되어준 생각 꿀입니다.
이 생각 꿀 한 숟가락을 떠먹을 때마다, 오늘 했던 생각 한 숟가락도 따라 올라오겠지요. 뚝 끊어지지 않고 숟가락 밑으로 길게 이어지는 꿀처럼, 오늘 했던 좋은 다짐의 생각들도 끊어지지 않고 길게 이어져 따라올라 올 것입니다.
내년 추석 때는 저도 가족들에게 줄 자그마한 선물을 준비해봐야겠습니다.

–아무 생각 없이 커피를 마신 탓인지, 무턱대고 잠이 오지 않는 추석 다음날의 깊은 밤

큰마음을 가진 사람으로서 자신을 좀 더 아끼고, 건강하게 삶을 마주 대하며,
부족하다고 느끼는 일들을 채워갈 수 있는 넉넉함이 많아지기를 소망합니다

눈길 두 번, 손길 두 번

몇 해 전인지 기억은 정확히 안 나지만, 오래되어봐야 4년 전이지 싶습니다.
둘째 아이가, 작은 포트에 심어진 빨간 열매가 예뻐 보여서 5천원을 주고 제 생일 선물로 사다준 천냥금이 있는데, 어느새 제법 크게 자랐습니다.
집에 두고 키우면 눈길과 손길이 닿지 않아 잘 자라지 못할까봐, 일터에 두고 키운 지도 3년이 되었네요.
해마다 새순이 나고, 꽃이 피고, 꽃 진 자리에 초록의 땡글한 열매가 맺혔다가 가을이면 어김없이 빨갛게 익어서 붉은 열매가 해를 넘기고도 한참을 갑니다.
올해는 분갈이가 필요할 것 같아서 좀 더 큰 화분에 옮기려고 보니, 흙속으로 뻗어나간 줄기가 어찌나 많은지요. 좁은 화분 안에서 지들끼리 친친 돌려져 감겨 있었습니다. 새순이 더 이상 뻗어나가질 못해서 좁디좁은 화분의 가장자리로만 빠끔히 고개를 내밀며 나름 버겁게 생장을 계속 이어가고 있었던 모양입니다. 진즉에 눈치를 챘어야 하는 건데 말이죠. 그나마 지금이라도 더 큰 화분으로 옮겼으니 이제부터라도 잘 자리 잡고 튼튼하게 자랄 수 있겠지요?
둘째 아이는 알는지 모르겠어요. 자기가 엄마한테 사다 준 그 한 손에 쏙 들렸던 포트가, 이제는 어른의 힘으로도 들기 힘든 커다란 화분이 되었다는 것을요.

엄마는 늘 지켜보고 있었단다.
물은 마르지 않았는지, 새 잎은 나오고 있는지, 꽃은 피려는지,
열매는 맺히려는지, 붉게 익어 가고 있는지를……
너를 보는 양, 매일매일 눈길, 손길 주고 있었단다.

딱 꼬집어 말해주세요!

자존!
'자만'과는 확연히 다른 자존. 자존감이 높은 아이로 키우려면 무엇보다 칭찬이 중요하지요. 가지지 못한 것을 지적 받고, 그것을 가져야 한다고 강요받는 것이 아니라, 가진 것에 대한 칭찬을 아낌없이 받는 것, 그것이야말로 자존감을 높여주는 일이지요.
갖지 못한 것에 대한 질타는 눈치를 자라게 한다고 합니다.
"넌 왜 그것도 못하니?"

"친구는 성격도 차분해서 백점도 잘 맞는다는데, 너는 왜 집중을 못하니?"
"밥 먹었으면 그만 쉬고 공부 좀 해라."

무심한 몇 마디의 말들로 우리의 소중한 아이들을 주눅 들게 할 것이 아니라, 아이가 한 행동의 결과만 가지고서(설령 그것이 기대에 못 미치더라도) 충분한 칭찬을 해준다면, 아이들은 한 뼘 씩 두 뼘 씩 마음이 자라고 가치가 영글어서 참다운 인성으로 넓고 깊게 볼 수 있을 겁니다.
무엇보다 매사에 자신감이 생기겠지요. 매일 한 가지씩만이라도 꼭 칭찬해주려고 노력해봅니다. 사소한 것일수록 좋겠네요.
참 부모 노릇하기가 어려운 시대입니다. 목소리 높은 부모보다는 울림이 깊은 부모, 칭찬에 후한 부모가 되어야겠어요.
자존감이 높은 아이는 무얼 하더라도 최선을 다해 재미있게 잘 해낼 것입니다.
지켜보는 본분을 다하는 참 부모가 되어야겠네요. 이론적으로만 보면 참 부모가 되는 일은 쉬운데, 늘 그렇듯이 실천이 어렵지요? 의도적인 노력도 필요하겠지요.
칭찬에 후한 부모가 되어 보자고요. 내 아이가 잘하는 게 무엇인지는 부모만큼 잘 알고 있는 사람도 없잖아요. 망설이지 말고 오늘 바로, 내 아이의 그 잘하는 것 중 하나를 끄집어내어 칭찬해보는 건 어떨까요?

삼겹살을 대하는 두 남자의 태도

우리 집의 주말 저녁 메뉴는, 큰 이변이 없는 한 삼겹살입니다. 거실에 신문지를 깔고 불판을 중심으로 둘러앉아 삼겹살을 굽습니다.
숙주와 버섯, 그리고 어묵이나 소시지를 함께 구워 먹기도 하고, 지글지글 넉넉한 돼지기름에 신김치를 구워먹기도 합니다.
상추에 청양고추를 넣어 노릇한 고기와 함께 크게 한 쌈을 싸 먹으면, 세상 어느 고기집의 고기 한 점이 부럽지 않게 맛있습니다.
저희 집에 놀러오는 지인도 신문지 위에 딱 부러진 삼겹살 한바닥(?)을 대접 받고 나면, 두고두고 그 맛을 잊지 못한다고 얘기할 정도입니다.
고기를 굽는 것은 언제나 남편의 몫이지만, 남편 없이 아이들과 셋이 먹게 될 때에는 대부분 큰 아이가 굽습니다. 그간 제 아빠가 굽는 것을 지켜봐 온 탓에 별 어려움 없이 척척 알아서 먹기 좋게 잘 굽습니다.
제가 부엌에서 상추를 씻고, 쌈장을 넉넉히 준비하고, 기름장을 만들고, 매운 고추나 삭힌 고추를 내고, 밥을 푸는 동안, 큰 아이는 나름대로 부엌과 거실을 왔다 갔다 하며 신문지 위에 한바닥을 세팅합니다. 그러다가 갑자기,
"야, 하영진! 너도 좀 움직여!"하고 제 동생을 향해 소리칩니다.
"뭐 갖다 놔야 하는데?"
허걱! 눈치도 빠른 녀석이 이럴 땐 행동이 느려집니다. 꼭 제 형

이 뭔가를 시켜야만 움직이는 수동적인 우리 둘째입니다.
그렇게 한바탕 고기를 굽기 위한 준비가 끝나고 자리를 잡고 앉으면 알아서 연장을 챙겨들고 큰 아이는 고기를 굽기 시작하고, 지글지글 고기 한 면이 익어서 제가 뒤집기라도 할라치면,
"그냥 놔둬요, 아직 아니야. 내가 할 테니 엄마는 손대지 마요."
"알았어……"
허걱! 이것은 50대 엄마와 20대 장성한 아들의 대화가 아닙니다. 이제 겨우 40대의 엄마와 인제 꼴랑 10대의 아들이 나누는 대화입니다.
이상하게도 우리 셋이 있을 때의 서열은 제가 왠지 2인자로 밀리는 것 같습니다. 순전히 제 기분 탓이겠지요?
드디어 고기가 알맞게 익어서 먹기 좋게 썰어 놓으면, 작은 아이는 기다렸다는 듯이 냉큼 고기부터 바쁘게 먹습니다.
상추는 아예 싸먹어 볼 생각도 하지 않고 다른 반찬에는 눈길 한 번 주지 않은 채 오로지 밥과 고기사이로만 젓가락이 움직입니다.
그러면 상추와 밥과 고기와 불판사이로 젓가락을 분주하게 놀리던 큰 아이는,
"너는 고기만 먹냐? 천천히 좀 먹어라!"
"……"
형의 핀잔에도 아랑곳하지 않고 제일 먼저 식사를 끝낸 작은 아이는 일찌감치 자리에서 물러나 제 방으로 들어갑니다.
먹는 중간에 콜라 한 잔을 따라서 엄마에게 내미는 손도, 작은 손이 아닌 큰 손입니다. 식사를 준비하는 동안에 연신 서서 왔다갔다 쉼 없이 움직였는데, 정작 먹느라고 앉아있는 것은 잠깐 사이

밖에 되지 않습니다.

그러고 나서 다시 치우느라 왔다갔다 쉼 없이 움직이게 되지요.

그렇게 셋의 식사가 끝나고 설거지를 위해 다시 움직여야 될 때는, 살짝 피곤한 탓에 멈칫하게 됩니다. 좀 쉬었다 움직일까하는 고민을 하는 것도 잠시, 큰 아이는 또다시,

"야, 하영진! 너도 좀 치워!"

"뭐 해야 하는데?"

허걱! 뭐를 해야 할지 정말 몰라서 물을까요? 아니면 하고 싶은 의지가 없는 것일까요? 제가 보기엔 하고자 하는 의지가 없는데 시키니까 뭐를 해야 할지 모르는 것 같습니다.

역시 큰 아이는 큰 아이인가 봅니다.

엄마를 대신해 도와주기도 잘하고 동생에게도 일부러 여러 가지 것들을 엄마를 대신해 시키기도 잘 합니다.

어린 나이지만 제 딴에도 큰 아이만의 책임감을 느끼는 것 같습니다.

엄마가 여자라고는 해도 그래도 다 큰 어른인데, 자기가 보기엔 엄마보다 키도 훨씬 크고, 뼈도 더 굵어졌다고 여기는지, 자꾸 엄마를 약자로 대하려 합니다.

힘쓸 일이 있으면 자기를 시키라며 무심하게 한마디씩 툭툭 내뱉기도 하지요.

'어구어구, 든든하네!'

반면 둘째 아이는 어쩌다 제가 심부름을 시키거나 도움을 청해도 건성건성 흘려듣거나 들어주면서는 갖은 생색을 내려 합니다.

'어구어구, 언제나 철이 들까나!'

아직은 습관이 되지 않았기도 했지만, 스스로 눈치껏 알아서 행동할만한 나이가 아닌가봅니다.

어떻게 보면 작은 아이는 반항기가 농익어가는 '까칠한 사춘기'가 한창이고, 큰 아이는 좀 더 유연하게 맞받아치는 넉살이 농익어가는 '꺾어지는 사춘기'를 막 지나고 있습니다.

아이들이 자라서 부모 마음을 헤아리기까지는 몇 해가 더 지나야겠지만 커가는 성장통 속에서 막연하게나마 엄마를 이해하는 것 같기도 합니다.

어느 새 엄마보다도 훌쩍 커버린 두 아이들. 몸이 자라는 속도만큼 마음도 한 뼘, 두 뼘 자라겠지요?

그리고 언젠가는 우리 둘째 아이가,

"엄마, 아직 더 익어야 되니 가만히 놔두세요. 제가 할게요!"하며, 제 아빠와 제 형이 그랬던 것처럼 노릇노릇 알맞게 구워주는 삼겹살을 먹게 될 날이 오겠지요?

칭찬에 후한 부모가 되어 보자고요
내아이가 잘하는 게 무엇인지는 부모만큼 잘 알고 있는 사람도 없잖아요
망설이지 말고 오늘 바로,
내아이의 그 잘하는 것 중 하나를 끄집어내어 칭찬해보는 건 어떨까요?

전쟁이다

5일 동안 전쟁은 계속된다.
젖은 머리칼을 늘어뜨린 채
분주하게 불 앞에서 손을 놀린다.
식은 밥을 눌러 으깨고,
나물과 김치를 자디잘게 다져넣고,
굴 소스 약간과
들기름과 올리브 오일을 넣고,
빠르게 손을 놀린다.
빠르다보니 밥알이 탈영하는 경우도 생긴다.
미련 없이 넌 아웃!
마지막으로 참깨를 으깨 빻아 뿌리면
전쟁은 끝난다.

난 누구와 타협한 거지?
난 무엇과 협상한 거야?
결국 한낱 찰나 같은 매일의 시간들은
오롯이 나의 몫이자 의무이며,
누굴 탓할 수도 없는 책임이다.
그래서 살뜰히 오늘을
보듬어야 하는 것이겠지.

나의 오늘, 비록 전쟁에 비유되는 아침이지만
어제와 똑같은 분홍의 립스틱을 바르고,
가볍게 오늘을 안고 나선다.

좋아하는 사람과 함께하는 시간은
그것이 찰나의 순간일지라도
소중하고 감사하다
조금은 덜 힘들 수 있는 이유
그래서 힘이 나고
조금은 덜 아플 수 있는 위안
그래서 치유가 되고

본서에 이미지 출처는 Getty Images Bank